蝴蝶標本與男人

楊鈞而

目錄

蝴蝶標本與男人

昏暗的屋裏，唯一的光源匿藏於走廊盡頭的臥室內。那扇門未有關上，門縫裏透出一線黃暈的微光。奕菲坐在吧桌旁的高腳椅子上，黑夜模糊了輪廓，屋內氣氛如同眼前物象般曖昧不明。站在奕菲身後的他把身體往前傾，吞吐的鼻息在她耳邊輕輕蕩漾。他徐徐地替奕菲脫下黑色絨面外套，並將它掛起。他是位紳士。

若以成人與其理想的距離去為他們的生命軌跡作區分，生活的狀態便只得兩種：望而未及，又或是已經如願以償。他是個飛機師，稱得上是名副其實的天之驕子。他的家鄉在馬來西亞，青年時期赴洋留學，後來定居香港，租了鄰近機場的屋子，時常見證著飛翔的自由。奕菲曾問他，他這一生，最想實現甚麼。他的回答使她其後沉思良久：「當上機師。」她當即意識到，這世上原是有兩種人，有人正消耗生命去追趕願望，也有人早已美夢成真。然而何者比較幸運，她委實說不清楚。

他若有所思地仰望半邊天空，而奕菲正抬頭看著他。夜正沉，但是他的眼眸裏竟仍好像有一抹金燦燦的雲彩，出奇地映照著縷縷陽光。他說，飛行的時候，只覺天的寬容無處不在，那是生命最為自由的時候。命運裏各種形態的自由，大多都是求之不得的。獨是這一種飛翔的自由，他覺得自己得以主宰它，駕馭它，並擁有將它反反覆覆實現的權力。這種形式的自由，使他覺得自己能夠做主，就像個真正的男人。

奕菲聽了，不由自主地臆想他在說話之際，腦海裏到底見著一片怎樣的光景。在她的想像之中，浩瀚長空如同瓦藍色的紗巾，上面繡有成千上萬的白玉蘭花刺繡，雲朵絲絲縷縷分明，綿延不絕。每當飛機穿過浮雲之際，霎時之間，乳白的雲一下子散開，盡皆化為裊裊輕煙，悠悠地飄游，彌散、彌滿。

再過幾天，他便要離開香港。早一陣子，他總覺得頭特別痛，像是半路殺出了個唐三藏，對自己念緊箍咒，頭上的緊箍便狠狠地縮，片刻之間已覺頭痛欲裂。他的心裏自然是七上八下的，要知道，神經系統疾病是飛機師萬萬不可有的病。他馬上去了醫院做檢查，又連忙找了位頗有名氣的中醫做針灸，時間久了，可他的偏頭痛還是沒治好，公司最終還是解僱了他。他會先回去馬來西亞，之後才再作打算，所以他的家自然是空蕩蕩的，雜物也所剩無幾。但是，就在那客廳的地櫃之上，有一極其炫麗的蝴蝶光彩閃耀。他見奕菲的視線落到那蝴蝶標本上，便說：「那是我在南美買的旅遊紀念品。」一隻大藍閃蝶被裱在墨黑的底色上，翅面閃爍著壯觀的光：色澤隨視線角度而變幻，一時是鈷藍，一時是深邃的鋼青，像天涯的顏色，也像海角的顏色——那是種沒有盡頭的藍。永不腐化的屍體泛著湛藍的光輝，生與死，如今都落在同一種藍裏。奕菲剔透的眼睛凝視著蝴蝶的纖細軀體，內心不由得生起了敬畏之情，一種對於生命的崇敬。因為沉寂的肉身被定格在生命之末，是死，而不朽。

生存的姿態展現出世上最為純粹的美，這種美使她深受震懾。她驀然覺得，在生命的痛苦之中，竟然有了一種莫名的撫慰。藍色未央，肉身到底還是不是生靈的墳墓，她一時之間也說不上來。

他見奕菲看得這樣入迷，便把蝴蝶標本送給她。反正，他原來就不打算把雜物帶走，免得費時費力。奕菲問他：「你都要走了，怎還叫我來？」他笑道：「這叫送別——離開前不跟你認識一下，總覺有點可惜。」他比她大上整整十五年，她還在大學唸書，而他早已在社會打滾多年，在他眼中，她不過是個可以一起嬉戲的少女。奕菲知道，自己對於他，是個不要緊的人。青春少艾畢竟是可口的，這點凡是男人都懂得，她也懂得。只是，奕菲自小半工半讀，好不容易活成現在這麼一個富教養的女孩子，實在不願成為誰的玩物，把自己白白糟蹋在男人的手裏。她深信，就算是在如此強調性自由的時代裏，旁人看一個女子的價值，仍或多或少取決於她的清白。

人墮落的原因，大多都離不開一顆貪戀快活的私心，但至少，自甘墮落的過程中還能得著種惡的趣味；然而另一類人表面上活得有多高尚，內心的憂慮反而愈發地深，世事便是如此滑稽。在許多男人的眼裏，女子的墮落是富有娛樂意味的，但只屬於業餘愛好，不必認真。在這樣的俗世裏，奕菲決心要做個品行端正的好人——世上要是多了個好人，自然是件好事，然而她的問題在於她不切實際的心理。她所渴望的真命天子是個會按部就班的男人，先懂得了自己，然後才全心全意地愛她的靈魂，愛情便有更深奧的意思。奕菲憧憬的是一份優越的感情，不止於風花雪月，也不能只有柴米油鹽。因此，她一如往常地告訴自己，她從前是個守規的好人，今後也得做個善人。

二人徹夜長談，一晃就天亮了。他送她下樓，他們就此告別。分別後的時刻，如同交談時忽然無人回話的冷寂，無非是不適的。回去的路上，她回憶起昨夜的對話，便想起他可能再也無法自由穿梭於天際之間，展翅高飛。那些已經如願以償的人，乍看之下貌似是幸福的，只不過禍福每每如同唇齒相依，一旦失足，昔日的光彩也無非是來日的無限遺恨。倘若人意識到自己生命中最好的一段已經逝去，從此一去不復返，其後還得隻身面對著生命的前方，恐怕精神也會漸漸地委靡。

然而奕菲的這位好友，實在並非首個使她有如此想法的男人。奕菲的父親並不是她的親父，只是她的母親再嫁了他，他們便同住。一直以來，縱然他對奕菲供書教學，但她始終無法由衷地以一個女兒的身份去愛他。

她猶記得數年前某一清冷的秋夜，那時外公仙逝了，母親與她的兄弟姊妹忙著為外公辦身後事，屋裏就只有奕菲和繼父二人。黑沉沉的夜異常平靜，蒼白的月光微茫，撒落一地冷清。睡意朦朧的奕菲躺在床上，已漸入夢鄉，但一陣濃烈的酒氣忽然撲來，強行把她昏昏沉沉的精神從睡意中分割開來。

有一頭獸爬上了她的床。奕菲在暗裏使勁地合上眼睛，極力屏住呼吸。但牠的臉愈靠愈近，她幾乎能夠嘗到惡獸嘴裏冷冽的酒味，所以她立馬轉身，把被子蓋過了頭，腳跟死死地壓著被子，十隻指頭也緊緊扯著棉被，於被窩內生拖死拽。下一刻，存心隱匿的奕菲便已緊張得無法動彈，止不住的冷汗滲透全身。幸而牠應是醉後糊塗，猛然之間，自己退下來了。

那夜，她久久不能入寐。心裏反覆地想：是黑夜嗎？是不是它，讓沉睡的靈魂脫去了白日的面具和盔甲，放肆地展露出自己乾癟的身體？其時，對錯之間的分野非常明確。外面陰冷的風在嚎叫著，風吹草葉之聲很是明晰，就在那雜草叢生處，一朵鮮百合差點被蹂躪，它在寧靜的晚風中渾身顫慄，嚇得蜷縮著。如煙塵一般的朦朧鬼影已經隱沒在夜色之中，但負屈的心卻把她推入了更深層的不安之中。奕菲驀然覺得，原來人的一張臉竟可如此多變，在頃刻間即可化成獰笑的魔鬼。

母親回來以後，奕菲仍舊是個知趣而矛盾的孩子，一邊奢望正義得以伸張，又一邊做沉默的共犯。那夜，他們一家人圍桌而坐，而男人一口接一口地抽起煙來。刺鼻的毒煙迷漫，奕菲的咳嗽一聲連一聲，但男人還是視若無睹，可憐的她正被熏得如墜雲霧，唯獨能看清母親那不斷給他夾菜的手，連手勢都如斯順服討好：「全都是你喜歡的菜，你多吃點！」在這餐桌前，彷彿只有奕菲一人墮進五里霧之中，身體消失了，任誰都看不見她。這些菜並不合奕菲胃口，她無可奈何，勉強嘗了一口桌上的涼瓜，但實在不喜歡，內心很想乾脆吐出一口苦澀——可是那味道才剛到嘴邊，她卻再度不自覺的、硬生生的把它嚥下，空留滿腹澀。

客廳的燈正折射出昏黃的光，然而在奕菲的眼裏，那刺眼的光澤彷彿只落到了母親脖子上的珍珠母貝項鏈上。

在這珍珠母貝項鏈以前，她曾有過另一串珍珠項鏈。母親一口咬定它是被奕菲偷去的——那是約莫七年前的事了。母親說過，那時繼父與她似比翼鳥，二人天天恩愛地纏在一起。在他們一起的第二年，他送了一串雅潔的珍珠項鏈給她。美好的回憶如同光彩奪目的珍珠，彷彿時光的流逝亦永遠磨洗不了珠子的光澤。當時，那項鏈似乎預示著未來的幸福和美好，可人們常言道好景不常，而此說法也不知是否說得上是應驗了：繼父送給母親的珍珠項鏈不翼而飛了，母親生氣地跑到奕菲的房間，那雙嵌在眼窩裏的眼珠子瞪得渾圓，直盯著她。母親憤怒的臉扭曲了，如同冷峻的貓忽然露出了尖利的牙，發出陣陣刺耳的尖叫聲。奕菲嚇壞了，怔怔地看著她的臉。母親質問她：

「妳是不是偷了我的珍珠項鏈——」奕菲一臉狐疑，實在不知究竟。母親拿出了那紅色的首飾盒，細細長長的手指小心翼翼地把它打開，可是裏面甚麼也沒有。她看著空空的盒子，輕嘆了一口氣。奕菲仰著頭，看著母親篤定的眼色，心裏清楚，這是不容爭辯的，所以她沉默了。「妳這壞丫頭還不認錯！我真要把妳打死！」滿腔的委屈是一頭噬食人心的猛獸，而屋子之外，一群麻雀唧唧喳喳地唱著清脆的曲子，輕柔的風適意地掠過奕菲的耳珠，它們如此瀟灑自在，而她卻渾然不覺。

時間有扼殺一切的慣性，所以此事就在漫長的死寂中不了了之。

人生於世，人或多或少都需要精神信仰，它是人對於生命的感情，然而人心所仰賴的情感，有時卻未必是真理。不論是被高舉聲張的人生意義、高尚的道德價值，還是金錢、慾望等一類俗念深重的信仰，它們皆非真正的學問，而僅僅是人的一種自我選擇。正因如此，把這事說穿了，人尊奉相信的，最終還是自己。於是生命中，任何一件人所重視的事物都能夠成為個體信仰的延伸。而在奕菲母親的心上，她的枕邊人便是那位不容褻瀆的神明，其信仰可謂是毫不動搖。不知是幸抑不幸，奕菲認為自己是清醒的，只因她全然沒有熟睡者的幻想。

那天，冬夜冷落了整座城，天上月光昏暈，星光稀疏，整所屋子已經陷入無邊的靜謐。戀人們的低聲絮語在寂靜中顯得異常鮮明，奕菲因而向男人的深沉嗓音緩緩走去，便瞧見了房間之內，混沌飄搖的燈光把繼父的影子拉得很長。她還聽到了他的那一通電話，那通如夜色一般神秘的電話。她悄悄地站在門外，故意把呼吸聲放得很輕。當那些親昵熱切的話音落入奕菲的耳中，每字每句立刻於她的心間轉化為冷洌的千年寒冰。她一聽了那聲音，馬上便知道那張嘴是邪惡的。

珍珠項鏈的丟失，也許真是一個不祥的預兆。就在另一個朦朧的夜裏，天上連一點星辰的微光也沒有，大地正沉沉睡去之際，電腦的提示音效卻打擾了空氣的寂寥。奕菲悄然走進書房，見電腦正發著亮光，那光實在是比那夜慘淡的月光耀眼上千倍萬倍。此時此刻，繼父睡得正沉，而在他枕邊做夢的人便是母親。只有一牆之隔，那方正的螢幕裏便藏了一個陌生的女人。女子的玉骨冰肌隱隱散發出少女獨有的芳香，瑩然有光的一雙眸子充溢著青春的風采，而她雪白的脖子之上，正是那條熟悉的珍珠項鏈。

奕菲回過神來，她這才意識到，自己已經站在轉折的分岔路口上，面臨著隱諱與坦白之間的抉擇。她驟然走到母親的臥室門前，徐徐抬起手，兩個指尖在門上極其輕柔地推。沉重的大門緩慢地打開，夜黑無光，自然伸手不見五指，映入眼簾的便是空無一物，此事並不足為奇。午夜的姿態，人必須要聽，才能看得通透。奕菲仍然站在門外，而在門後的一方，二人身在夢鄉中，細微的鼾息聽起來凝重而蒼茫，做夢的餘音連綿不斷。深黑是那夜神秘的底色，同時覆蓋、浸染一切眼睛所見，暗夜的事物就此隱沒在黑魆魆的夜色之中，萬事萬物便皆帶迷離的色彩，各自安妥地保有自己的秘密。轉念之間，她猝然覺得，長夜自有它的隱秘，而月亮星辰的光芒不過是人莫能強求的一份恩典。因此，奕菲相信，真理的本質就在她的沉默裏。奕菲小心翼翼地把門關上，以她溫順的默然無語的腳步，悒鬱地走回自己的房間。

奕菲絕非輕言之人，才十多歲的孩子，便活得相當謹小慎微，身體彷彿住了一個滄桑的靈魂。她從小接受深刻的家庭教育，每當她回首往事，那些昔日的訓詞便再次落到她身上，成為狠命抽在她身上的一道道鞭痕，使得到處都是血的教訓。奕菲尚在上小學的時候，從老師那處學了幾句寓意吉祥的新春賀詞，其後到外婆家拜年，甫進門，小小一個可人兒一臉喜氣，自懂得把祝福掛在嘴邊，固然是討喜的，親友都誇獎她是個伶俐的小孩。客廳兩側高高地掛著紅彤彤的春聯，大廳正中的圓桌坐滿了人。外婆正忙著把一道道菜餚端出來，奕菲見了，自動自覺地快步跑到廚房幫忙，不消一會工夫，飯桌上便擺滿了豐盛的飯菜。為取年年有餘的吉祥寓意，其實不少菜餚都是剩菜——逢年過節的時候，活著的人總有更多美好的夢與祈願，不過這嶄新的想法每每如同天邊的朝霞，都是瑰麗而短暫的，最終就不免落得一場空。那些曾被激發的願望在隨後的日子裏驟成泡影，人往往要到了回首之際，才體味得到歲月的真諦，發現往日的臆想只能是生命間隙裏無關要緊的填充，但有所希冀的心能夠使人沐浴在希望裏，誰能說它不算是種易得的快慰？

奕菲不過是個小人兒，本來胃口就不大，加上三姨母在飯前喋喋不休地說著桌上糕點的好兆頭，不斷關切地叫奕菲多吃點賀年糕品，以致她吃得太多，當下實在再也吃不下飯。兩支筷子被奕菲放下了，死死地靠在一起。奕菲的母親瞪了她一眼，以手中的筷子輕輕地敲了敲奕菲的碗，敲出了清亮而刺耳的響聲。奕菲二話不說，便再次拿起碗筷，把一根芹菜夾到碗裏去，細嚼慢嚥。那口菜還未下肚，她身旁的三姨母又忙著為坐在她左右的孩子夾菜，把一隻隻大蝦往他們的碗裏送。已經撐腸拄腹的奕菲連忙說：「謝謝姨母，我不要了。」這話開罪了奕菲的母親：「不要？誰教妳這樣說話的？」這下子，眾人嘰哩哇啦的說話聲音戛然而止，一整桌十多人都倏忽變成了沉靜的注視者。奕菲的臉上泛起了一層紅暈，但兩團緋紅遮不住她的羞恥，不消一會，就連耳根都發紅了。奕菲的母親接著說：「妳這樣子說話，大家的好運氣還不被妳趕跑才怪！」奕菲低下頭，肩膀一抖一抖的，眼裏的淚花正打轉，只是沒有人能正眼看得見它們。流淚也是過年的禁忌，奕菲的母親見了她抖動的雙肩，便更是生氣：「真不中用！就只會哭。」她冷眉冷眼地看了奕菲一眼，彷彿她並非她的孩子：「把手伸出來，讓我打。」奕菲的母親把巴掌舉得高高的，三姨母委實按捺不住：「孩子還小，一時失言，妳就別放在心上。」為了打圓場，她又隨即溫聲細語地對奕菲說：「我們不說『不要』，說足夠便好。」三姨母摸了摸奕菲的頭，高聲喊：「沒事沒事！大家吃飯！」奕菲的母親吼道：「這孩子不打不成器！」

飯後，三姨母把奕菲拉到外婆的房間裏去。三姨母早已給大家發了紅包，但是她把她放在外婆睡床上的手袋拿過來，從後面的拉鏈口袋裏拿出了一個紅豔豔的紅封包，再往奕菲的手裏塞。奕菲茫然地注視著三姨母的臉，姨母垂下頭來，道：「妳得多讓讓妳媽。她也是個可憐人。」奕菲的臉色煞白，手中握住那寓意祥和的一片赤色，三姨母望向她，又道：「她壓力大，需要發泄發泄——宣泄出來，才不會悶在心裏，人便慢慢好起來。」奕菲聽了，低頭答道：「我知道了。」

那天晚上，受到姨母的啟發，奕菲總算是明白到，自己的委曲對於母親而言，是一種生命中易得的快慰。奕菲對此並不感到快樂，但她還是會妥協的。畢竟，一旦命運的刀口落到了人的心頭肉上，凡人其實沒有甚麼是不可妥協的，就連那些自命寸步不讓的人，也會捨得退讓，所以人生一直面臨著一個可悲的局面，愈是情到深處，人的內心便愈是加倍地脆弱，這種軟弱生在我們的身體裏，它幾乎是不可逆轉的。心之所向，往往也是心的窒礙。

人在體會痛苦的時刻，分外喜歡懷舊。時日是人的生命，正因如此，每人的時間自然也是各有不同的：對普通人而言，時間的分野大多是年月，而學生對年份的印象卻不盡相同，開學日才是他們眼中的一年之始。而奕菲的時間概念，卻異於一般的學生，她習慣以男人作為時間的量度單位——她總是記不住年年歲歲的數字是如何與某一段回憶有所連繫，對她而言，腦海裏有關不同男人的記憶，便是她用以區分一段段歲月的基準。

奕菲一向認為，在她年輕的生命裏，最好的一段便是她的父親尚在世的那幾年。不過，後來懸在天花的燈泡泛著灰白的光，把他原先的床鋪映照成黯然的病榻。不久以後，靈車還是來了，又走了。奕菲的父親不再臥在床上，轉而躺在一個堅實的箱子之中，被一場烈火所包圍。那時候，粉紅的桃花團盛放，像落下了百里胭脂雲；四月的桃花，恰好也是父親臉上的胭脂。奕菲靜靜地立在旁邊，看著自己的父親就這樣消逝於一片火紅裏，飛散於燦爛的日光中，盡成了輕輕的塵灰。快樂如曇花一現，失去這個男人以後的日子，家裏變了天，光陰彷彿只是一場漫長的磨難。

那時是屬於春雨的季節，家中的四面牆壁都出現了些黑色的小斑點，而潮濕和發霉，都是歲月自行決定的事。奕菲曾在無數夜裏被滿屋子的哭聲弄醒，細聽著那失去摯愛後的悲慟之聲。有天晚上，她的母親又醉了，身子伏在那近牆角的地上，在曾經充滿歡笑的屋子裏嗚嗚地哭。她母親聽見了愈發清晰的腳步聲，於是瘦小的背影便把手舉起，揮了揮手，朝奕菲示意，要奕菲不必管。當時她母親有一處不許人接觸的區域，以一個自劃的禁區，意圖幽禁那在潮濕中腐化的愛情。那些年輕而因病去世的人，似乎只是由生向死的匆匆過客。一個不小心，人間竟意外地淪為他們漫漫旅途中的客棧。如此看來，生命無非是人借宿的旅館。奕菲的母親明明做了此事的見證，卻仍滿腹狐疑，但凡是看到蝴蝶，便篤定是亡者歸來，內心很是著迷。

某一天午後，奕菲正在家裏閒著，恰巧有隻黑蝴蝶飛進屋裏去。她見了這不速之客，眼神馬上瀰漫著好奇而柔美的光澤，兩眼注視空中，躡手躡腳地靠近牠，想要細看牠曼舞翩翩。奕菲一直追逐著那四處翻飛的蝴蝶，可是，每當奕菲靠近牠時，那黑蝴蝶偏又輕輕緩緩地飛升，牠刻下的所到之地，彷彿是她永遠無法及時抵達的地帶。奕菲猜想著，這究竟是牠的招引、牠的伎倆，抑或是生命的軌跡本就難以捉摸，但是這飛來的黑蝴蝶宛如一簾迷離惝恍的夢，她始終不得而知。因奕菲略微默想了一下，視線一時沒跟上，那風中仙子便從原地消失了。她環顧四周，仍不見牠的一點蹤影，於是直覺地感到牠正低飛著，便蹲了下來，一雙撲扇撲扇的大眼睛左顧右盼。

此時，奕菲的母親從房間走出來，她赤腳走路時沒有聲音，然而裙襬也是一種語言，她身上輕盈的亮黑緞面睡裙正安靜地飄蕩著、飄蕩著。她走到客廳，看見這孩子正趴伏在地上，眉宇之間當即透出幾分煩躁，兩片唇忽然動了：「妳在做甚麼？」奕菲嚇了一跳，答道：「找一隻蝴蝶。」奕菲的母親聽了，先是一怔，隨後受傷的神經頓時變得敏感起來：「甚麼蝴蝶？」奕菲從地上坐起，道：「剛剛有隻蝴蝶飛進來了。」她的母親看著她高聲道：「笨小孩，難不成蝴蝶會飛到櫃子底下麼？」在女人披散的長髮之間，有一張沒有一點血色的臉，上面還掛了副空洞的五官，失神的目光帶有意圖地朝周遭延伸，然而終究沒有著落。

那天的晚霞是鐵鏽的紅，霎時染紅了半邊天。奕菲從屋子裏見了這天上紅海，便立即跑到開滿花的陽台上看風景，怎料映入眼簾的卻是那黑蝴蝶的屍體。牠身體的一雙薄翼互相重疊，寂寞地躺在地上零零散散的紅花瓣旁邊，也許是在垂死之際想要撲飛到殷紅的底色上，可是撲了個空。蝴蝶為花醉，花卻隨風飛。奕菲蹲在地上，一面把嬌小的手漸漸地伸向牠，一面萬分好奇地觀察著牠，以一個指頭輕輕地撫摸眼前黑蝴蝶屍身的翅翼。她猛地想到了她的母親。奕菲終究是小孩子心性，既然找到了這黑蝴蝶，便想要在她母親面前逞強，於是滿心歡喜地急著大喊：「媽媽！媽媽！」她的母親走了過來，看見奕菲的手在那蝴蝶屍體上的姿勢，身體旋即細微地顫抖起來，其聲線似沉雷：「妳怎麼把牠玩死了！」奕菲的母親飛快地步近，在肉身已死的黑蝴蝶前駐足而立，接著她在陽台的門檻上坐下，黑色的絲質裙尾落到地上，眼前黑蝴蝶恍如是她長裙的一角。她默默地托腮凝眸，俯視著牠身體純美的弧線，沉吟了半晌，兩隻眼珠子猶如一雙生鏽的鎖心，都轉不動了。惶惶不安的奕菲仍然蹲在原地，一動也不敢動，甚至沒敢看她一眼，可是她遽然以雙手掩面，奕菲便趁機偷看她。此時，她已是哭紅了臉，好些淚珠還滴落地上：「這可是妳爸！這可是妳爸……」生死永隔，春暖花開從此與這眼前蝶無關。奕菲一臉茫然，雙腿也麻木了，便只好賣乖，幫忙把掉落的腥紅花瓣拾起，再拿去丟掉，剩下她母親與其深沉的一角衣裙在那清冷的陽台上。

花的生命開得正盛，卻倏忽毫無預兆地枯死了——死亡和結束甚至會美化事物在當時極致的美麗。人生在世，只有活的東西才能與活物作出比較，而在燦爛中死去的東西，都是永恆而且不敗的。

奕菲曾看過父母的婚禮錄像帶，在那些寂寞的夜裏，她經常會憶起父母成婚時所說的誓詞。凡人需要承諾，人們總在許諾，世上一切明確的宣示都似乎是種合理而必要的張揚。他的那段誓言，只說了一遍，她便著實地記掛至今。奕菲的母親不再是一個清醒的人，身為人母，連冷靜地正眼看著自己的孩子也辦不到，這不稱職的程度在許多人的眼中大概是種相當大的罪行。半醉未醉的時候，她總是會把那「終此一生」的舊日誓願掛在嘴邊，她反反覆覆所記的恨的，便是他昔年鑿鑿有據的四字。失落的永恆使她曾堅信的不朽如今灰飛煙滅，於是她似是徹底地瘋了。她讓家淪為戰時的國度，遍地褐綠玻璃碎片，到處都是女人幽幽的嗚嗚咽咽，藏身在裏面的人成了驚弓之鳥，既無法相信偶爾短暫而膚淺的安寧，又不安於制度和秩序的分崩離析。來日，奕菲的母親依舊忘不了他的諾言，奕菲也絕對忘不了它的脆弱與破碎。

奕菲仍記得那具屍骨背棄諾言的面貌，男子的皮膚看起來極白，他雪白的頸與塗了色的紅唇是極為鮮明的相襯。他無聲地躺在木棺裏，無眼色可言，毫無生氣。然而奕菲見了母親的眼色，便知道她腦子裏想的是當初那個信誓旦旦的男人，奕菲的母親想也沒想過，他所說的一生是他自己的，而非她的一生。就在屍體被沖天的火光噬食後的那夜，白花花的月色如同父親慘白的臉色，她手裏接二連三地拿了一個又一個綠瓶子，從未間斷。她本已天天自醉，但是那一夜，她似是不為他喝出血便算是在人間白活。她想把傷心安放在空瓶子裏，但最終不過是讓酒浸滿了全身，不適得無法入夢，又麻痺得清醒不了。

可是，活著，又有誰不是半夢半醒？

也許子隨母性這話果真不錯，其後的奕菲也漸漸有點失常，她竟為著她母親可悲的酒思而反常地竊喜。她母親讓無盡的思念像千萬隻螞蟻般啃咬著其心思，不知有多少個漫漫長夜，門後總會傳來哀泣的聲音。起初，奕菲只是認為自己聽到了這世間最為沉痛的嗚咽，可是其後，她覺得那些聲音已經不是幽咽，尤其是當它持續至黎明到來之時——曙光已經揭去夜幕的輕紗，那些聲音顯得漫長而堅定，並且撼人心魄。人對於生命的熱愛和執戀，就此寄託在此起彼伏的哭聲裏，這種赤熱而親切的疼痛，足以燒城。

奕菲深信，這是天地間最為動人的哀歌，只因若時過境遷真是這世間的定理，塵世間便難有真正永恆的事物。任萬物在風霜劍中枯萎，春天如常到來；早春三月，萬物依舊復甦。但是假如，母親深刻的痛苦能夠長久地延續下去，父親便不會徹底消亡，婚姻也可以長存人間。於是，屍身和熱火都只是膚淺的假象，而他的模樣亦不必在火海之中無聲殞落。所以奕菲對她的母親始終維持著一種尊重的距離。

只是奕菲會在她睡不了的時候，獨自躲在房間，偷偷重溫他們的舊夢。在不斷被倒帶重播的錄影帶裏，二人帶著明媚的眼色，把浪漫的誓言說了不下成千萬遍。奕菲猜想，這一生一人的誓言，照理應是許多男男女女在情愛裏所痴戀的一種關係美態，然而她親眼目睹了此事的真相，只覺美麗從來不在誓言，一切美麗只在當時。奕菲僅僅想要把這一切記上一輩子，不為別的，只為了讓記憶保持鮮活，使情感持續灼熱，因為她相信他是多麼值得記住的一個男人。

時間就像做夢，當人醒來後，便無法再進入相同的夢境。一個美夢不會維持太久，而一個夢魘亦如是。過了數個春秋以後，那男子殘餘的影子彷彿連同那些捉不著的光陰一併散去，她也朝著新的人笑了。笑的時候，她的臉色是種自然輕盈的緋紅，全然不像父親葬前臉上刻意鮮豔的兩圈紅暈。奕菲見了，感覺到她昔日的悵念已經悄然淡化、飄散，實在不如昨日，內心若有所失。也許是對二人曾許下的諾言萬分惦記，所以心裏難免有些淒迷。可是，這又是為甚麼？

在這段從機場附近至大學宿舍的車程裏，關於往日的零散記憶再次前來尋訪牽引，使奕菲在時間的夾縫裏深深往回走。早上，太陽尚未當頂，景色亦未滾燙，奕菲便已回到宿舍。因為昨夜未眠，她才推開房門，便急忙走到床邊，撲了上去，抱著那鬆軟的被子沉沉睡去。奕菲醒來的時候已是傍晚，渾圓的太陽恍如一汪明淨的血色湖泊。夕陽一點一點鑽進飄浮的雲層裏，紅彤彤的餘暉渲染了整片天，連晚霞也幻化成玫瑰的顏色。她的室友見奕菲醒來了，便與她一起去吃晚飯。二人正要步出電梯大堂之際，卻撞見了值更的宿舍服務員阿姨，她當下把奕菲叫住，道：「剛剛有人給妳送文件來了。」奕菲困惑地跟隨阿姨走到櫃枱，然後伸手接過了一個文件夾。她當即恍然大悟，這應是自己在上週的晚會上大意留下的。就在奕菲失而復得的文件夾上，多了一張黃漂漂的便簽紙，奕菲讀了紙上的字，笑意頓時寫在她的臉上。

奕菲除了是位大學生外，還有涉足藝術、教育、會計及營銷的兼職，因此也算是有點人脈。她尚且不到二十歲，但不少公司已因為她見經識經、心眼高妙而開出分外優厚的條件，甚至連國際四大審計公司之一的高層人士也曾招攬她。因為工作的關係，奕菲經常出席各種場合，對於盛大的場面，她已司空見慣。

奕菲在大學一年級的時候，曾任一電台文化藝術節目的客席主持，在節目上認識了許多藝術家以及藝評人，結交了不少朋友。上週某一晚上，她便接受了其中一位城中導演的邀請，出席他所舉辦的私人宴會。晚宴在一座樓高四層且四幢相連、乳白色的百年古蹟裏舉行，它看起來恍若一座古色古香的西洋建築，然而這不過是中西歷史建築特色完美融合所催生出來的一種錯覺罷了。宴會廳裏各界名流雲集，觥籌交錯，眾人手裏剔透的玻璃酒杯在輝煌的燈火之下閃閃發亮，美酒的醇香從一個個赤霞珠酒杯裏漫出，在喧鬧的賓客之間微微飄散。

那夜，奕菲在她的嬌容上畫了素淨的妝，只薄施粉黛，輕抹胭脂，一張臉似畫非畫。她烏黑飄逸的長髮直垂及腰，身穿深黛的露肩短裙，裙子的領口稍低，豐盈的一雙乳峰如幽幽園林中的白陸蓮花，走路的時候，它們彷彿是要從黑黢黢的窄裙裏蹦出來。奕菲的身上沒有任何飾物的耀目點綴，她無需暫借身外之物的光輝，她有她自己的光采。而酥乳之美，便是落在她身姿上的畫龍點睛之筆。她清秀的五官保有少女的青澀，然而裙子勾勒出的玲瓏曲線卻是這般嫵媚銷魂，好比怒放的一花一瓣皆有了沉靜內斂的草葉作襯色，一切相得益彰。

偌大的廳堂裏，曼妙的樂曲徐徐流瀉而出，可還沒來得及去到來賓的耳畔，樂音已被鼎沸的人聲淹沒了。奕菲身處一片嘈雜之中，很想要短暫地脫離這聒耳的大廳，於是獨自朝另一廳堂角落的吧枱走去。在穿過兩扇圓拱門斗的途中，奕菲撞見了不少認識的人，便主動跟他們打招呼。寒暄幾句之際，她總以對方的名字作說話的開首，她認為凡是出席社交場合，假如能夠記得住別人的名字，還可以毫不費力地把它叫出來，等同於給予對方一個靈巧高明的誇讚。但這只是出於禮貌的讚美，而非真實的。奕菲來到一處昏暗的角落，找到了適合自己的位置，向調酒師點了杯雞尾酒。

吧枱的人不多，連同奕菲在內，也只有數個人。此處遠離喧囂不已的人群，人們說話的聲音反倒是顯得加倍地清晰響亮。坐在一旁的兩位男子衣冠楚楚，正嘻嘻哈哈地談笑，說著些見不得人的豔遇。早前，那男子與幾位同事一起到外地辦公，白天忙於辦正事，晚上便四處消遣。男子說，他們一行人都是男人，身處外地，必然得去當地的夜總會做「文化考察」，他們在那裏唱歌、喝酒，可是醉翁之意固然不在酒，而在陪酒女子的身上。只因為他們花得起錢，便和哪位小姐都能有緣。陪酒女子刻意收拾好的身體是她們挖空的心思，女人們裸露腰肢，然而臉龐和頸上塗抹了過於雪白的脂粉，乍看之下，身體上下不諧協的皮膚顏色實在使人難忘。她們與那些男人眉來眼去，大夥兒的臉都靠得很近，那十足的脂粉氣隨著彼此的鼻息飄擺，房間裏的情調也不免更俗豔起來。在素不相識的人們之間，假如有了金錢和肉體作為橋梁，再陌生的五官也頓成一張張熟臉兒，熱心地為對方解慰生命的飢渴。這天下間，大概唯有真心無法收買。

他還在說著，另一位男子打斷他的話，輕佻地問：「她們是甚麼貨色？」那男子立即咧開他貪饞的嘴，猥瑣地笑答：「當然是我挑的那個最好！」他接續叨叨地訴說，陪酒女郎是何等主動地騎在他身上，隔著甚薄的衣服前後搖動，而他短粗的手指是何等熟練地緊掐住她的腰身，諸如此類的話。奕菲一直百無聊賴地窺聽著他們的對話，聽到這裏，她不禁想像旁人的反應，於是驟然把頭稍稍轉側，內心有了觀望的意思。此時此刻，旁邊的男人也不約而同地望向了奕菲。二人的目光對上了，他們的眼神是一致的。

這匆匆的對視使奕菲想起了愛德華．霍普的《夜遊者》。而她當初認識這畫作的契機，便是她不久前在藝廊看展時碰見的兩位外國男人，兩雙藍眼睛原先還在說笑，可轉眼間已經認真地談起愛德華．霍普的作品來。至此，奕菲全然記不起二人究竟說了些甚麼，但是，男子令人神往的幽默感卻在她的腦海中留下了深刻的印象。因為這段突如其來的記憶，她不自覺地莞爾一笑，也連帶驅走了此處的苦悶空氣。也許他是察覺到她的那一抹淺笑，也許他認為她是因他而笑的——他隨即向調酒師點酒，把視線投向奕菲身前的那杯雞尾酒上：「也請給我一杯。」二人再次四目相對，就在那一閃即逝的瞬間，男人的眸子成為清澈的小湖，而奕菲幾乎能夠從那湖水的映像中看見自己細細飄飛的長髮，還有她明滅閃動的神秘眼色。靜懸在他們臉上的黑玻璃球皆映現了無窮的倒影，那些暗影在水波中閃爍著，晃動著。

相同的酒液分別滑過二人的舌尖，他們之間忽然有了實在的共同語言，這一下子，他們以外的人皆成了局外人。調酒師禮貌地問兩位客人：「這酒的味道如何？」奕菲跟他說：「我很喜歡這裏面的芝士味。」男子答道：「無可挑剔，她選得真好。」

語畢，二人相望，男子見狀開口：「妳好，我是容世昌。」世昌兩片勻稱的嘴唇朝奕菲輕輕地笑，那微笑的形狀是這夜夜空中皎潔的彎月，使四周都披上了銀白色的光華。初次見面，兩個素不相識的人就此交換了名字，也開始了談話，他們從這杯回味悠長的雞尾酒聊起，一直聊到天南地北。她本來不知道他是世昌，他也並不知道她是奕菲，然而現在，他在她的心中是位翩然俊雅的金融才俊，她在他的心中是位氣質不凡的大學生。

這時，一旁的男子還在興致勃勃地高聲談論妓女的身姿，世昌聽到以後，噗哧一聲笑了，奕菲並不理解那一笑的含意，也免得揣測，便問道：「你也喜歡做『文化考察』嗎？」世昌連忙否認：「當然不是，我並不喜歡去夜總會。」奕菲道：「那你有去夜總會嗎？」世昌頓了一頓，道：「喝酒應酬是我工作的一部分，客戶總會約我到夜總會談生意，我不能不去。」奕菲看著他的臉道：「那，你現在不用去大廳那邊應酬麼？」世昌答道：「我不願去。」奕菲笑道：「但是你今夜還是來了。」世昌低頭道：「坐在這角落，至少更自由一點。」奕菲放下酒杯，轉向世昌笑道：「原來和我待在一起，只是稍勝一籌而已？」世昌聽後，低低地笑了。他活了這麼多年，多少也懂女子的心：「剛才還不是我向妳搭話的嗎？」

導演即將要舉杯祝酒，奕菲和世昌因此回到了大廳，但此處實在過於擁擠，二人便退到與廳堂相連的陽台長廊去。聽過祝酒辭以後，賓客皆就座了，唯獨他們絲毫沒有要離開的意思。因為在這遠離人群的空間裏，他們能夠在一起，二人孤寂的內心也頓時有了著落。這座建築以外，街燈如同矗立在路上的一雙雙眼睛，直勾勾地放眼望向奕菲和世昌的臉。它們把蠟黃的光照射到前方，使這座乳白色的建築看起來幽黃幽黃的。在黃澄澄的燈火映照之下，世昌身上的白襯衣卻依然雪白。他並未扣上所有鈕子，那領口微微地敞開，而衣服的袖子被捲至手肘的位置，小麥色的皮膚就此赤裸地暴露在彼此的沉默之中。

奕菲想了一想，道：「那你去夜總會談生意的時候，也會碰她們的身體嗎？」他斬釘截鐵地答：「不。只是，招待客人是她們的工作，所以所有人的旁邊都必會有女子作伴——」奕菲見他打算解釋下去，便笑著插話道：「你要是拒絕的話，未免會顯得不識抬舉，對麼？」世昌牽了牽嘴角，她再問道：「但你的女友不介意麼？」世昌向遠處看，道：「我從沒對過往的女友坦白過這件事。」奕菲那一句巧妙含蓄的説話裏藏了兩道問題，她順道得知世昌現在並沒有談戀愛，內心不知怎的，竟有些喜出望外。而恰好相反地，他所給予的另一個答案使奕菲馬上添了幾分戒心，不過她的臉上仍是一片風平浪靜：「為甚麼不對她們說實話？」世昌解釋道：「一個人，明知對方不會接受某事，然而那事是無可避免的，那好像已經沒有誠實的必要了。」大多數女人深信，謊言的本質始終是不實的，因此她們無法欣賞謊言的漂亮裝扮。但是奕菲懂得世昌的意思，她覺得反正情話說多了，終究多少不免會變成謊話，所以男人說謊與否，對她來說並沒關係，她能夠看得很開。但是一個誠實的男人，始終還是會讓她加倍歡喜的。世昌問道：「在妳看來，我會很壞麼？」奕菲笑道：「你對我不是很誠實麼？——倘若我將來的男友也有這樣子的工作需要，只要他並非存心去玩，我倒是很樂意等他從夜總會回來，好好慰勞他。」

世昌已是個活了近四十年的人，他的生命裏有十多個女人，但眼前這少女是他從未遇過的一類女子，他因而對她產生了美好的幻想。

隔了數天，奕菲拿回了她那夜在陽台上落下的文件夾——那是世昌給她送來宿舍的。飯後，她回到房間，便把文件夾上的便簽紙好好地收進床頭櫃的抽屜裏去，跟那蝴蝶標本放在一起，然後給世昌打了通電話，打算向他道謝。電話接通後沒多久，二人把「謝謝」及「不客氣」等話都說過了，忽地只剩下沉默的聲音。少頃，奕菲索性明知故問：「你明天上午是要上班麼？」世昌稱是，奕菲再把話接下去：「你能在明天十時正打電話來叫我起床麼？這會礙著你上班嗎？」面對奕菲這唐突的請求，世昌當下毫不遲疑地答應了。二人溫和自然地互道晚安，然而他們癢癢的心卻似擂著小鼓般響動。寂寥的夜分外漫長，溶溶的月色走進人的夢鄉裏去，靜謐地候著黎明的到來。

晨紗已然碎了，奕菲昨夜設定的鬧鈴按時在九時五十五分響起。奕菲睜開了惺忪的睡眼，她伸手撓頭，一頭長髮凌亂地纏在肩頭上。人在剛起床的時候，說話聲音會比較沙啞，為了給世昌留下好印象，她好好把握這數分鐘的時間，先去喝杯溫水，再咳嗽幾聲清清嗓子，好讓自己的說話聲音聽起來仍舊悅耳。此時，她的電話響了起來，她便趕緊回到床上接聽電話。世昌在電話的另一端說話：「喂?」奕菲故意讓自己聽起來不是那麼清醒，她輕聲細語地說：「嗯。」忽然又是一片靜默無聲，這異樣的沉默裏有曖昧的味道。世昌問道：「妳起來了麼?」奕菲答說：「嗯，醒了。」像世昌這樣的一個幹練的男人，也藏不住自己聲線的拘謹，還被奕菲聽出了當中的弦外之音。她甜美而嫻熟地說：「今早真讓人高興。」果如奕菲所料，世昌向她問道：「此話怎講?」她輕聲笑道：「有你喚我起床呀。」世昌聽了，那向來瀟灑的心也禁不住有些懸懸的。

奕菲接著又說：「自己的事能由別人來費心，那感覺是極好的。」二人閒談數句以後，奕菲問他：「我不願礙著你辦公，你要掛線麼？」世昌道：「我特地下樓打給妳的，身旁沒人，就算談久一點也沒關係。」這一下子，他們皆成了充分善用時間的聰明人，各自把生命寶貴的光陰傾瀉到二人的交流上。

以後，小小的兩部手提電話總被握在手心，漸漸地，奕菲和世昌的聲音便化作了各自生命的影子，日日夜夜都離不開彼此。賈寶玉說女兒是水做的骨肉，奕菲卻並不全然這樣想，因為她認為真實的男人也是用水做的——所用的是道家的水，是種剛柔並濟的水。而世昌這一杯水，年深日久了，一部分的水早已在人間蒸發，剩下的，又因人世冰冷而結成冰霜，這不禁使奕菲費心起來。她隱約感覺得到，就連在他對她的熱情裏，也藏著一份蝕骨的冷漠。中年男人的感情滲雜了太多血淋淋的現實，以致他們心中千端萬緒的情感時常是矛盾的。有天傍晚，奕菲向世昌問道：「你是有心事麼？」聽見這話，世昌心中一陣詫異，接著他竟誠實起來。

世昌的母親愛好晨泳，每當東方將白時，她便會前往鄰近其家的泳灘。在約莫一年前的某天清晨，天色還只是微明，四處杳無人煙，泳灘上既不見泳客，更不見救生員，世昌母親在游泳的時候，不幸遇溺了。她生前經常催促世昌成家立室，在她喪生以後，世昌父親的身體狀況也逐漸變差，還鸚鵡學舌似的時常催世昌成婚，叫他莫要辜負了他母親老人家的遺願——而世昌在數月前剛與他的前度分手了。

奕菲一時說不上話來。她驟然再度回想起那夜在晚宴上，自己曾在世昌的眼眸裏略見煙靄一般的惆悵，當時在奕菲看來，那雙醉眼只不過是有種隱晦深沉的朦朧美，然而現在一切都明白了，那微茫的眼神原來是一道謎題。

對於奕菲來說，若要更好地了解一個成熟男人的心，唯有解謎這一門徑才說得上是個聰明的法子。像她這樣正值妙齡的少女，假如總是不知趣地一味追問，便活脫脫是個求解答問題的小妞，非但缺了一份女子的風韻，反而還加倍地凸顯了身上的孩子氣。平常的中年男人，與小孩無法擦出帶浪漫色彩的火花。然而，老馬自然識途，少女卻只得在黑暗中獨自躑躅，所以出題方與猜謎方之間的博弈素來是不平等的。但抽象的懸念畢竟是生命的吸引力所在，所以當奕菲面對著那些成熟男人時，她還是相當樂於當一位解謎者的。

奕菲想像世昌與他父親的心變了兩塊千斤重的大石頭，她細想了一會，問道：「你想我來陪你麼？」世昌便約了她一起吃晚飯。他提議二人相約在他工作的地方見面，他可以先到附近的餐館外帶餐點，再回去公司打點一切，候著她來。

世昌上班的地方是他自己和別人合夥開的公司，這地方的格局很像一所供人居住的屋子，裏面有一小廳堂、廚房、廁所，另外還有兩個房間，一個用來辦公，另一個是會客之用。奕菲推開大門，看見客廳的茶几上，有數十團一閃一閃的暖色火光正朝她眨眼睛，用別樣的眼神仰望她。整間公司黑糊糊一片，世昌的情意是這黑暗中僅有的光明。她原來並未料想到，在她步入這裏以前，蠟燭的生命已悄無聲息地開始，冉冉地，它們的細弱身軀被火苗蠶蝕、吞沒，於是蠟油一滴滴流下來了，宛如人的熱淚。它的生命所能夠經歷的旅程，也逐漸變得愈來愈短。

奕菲一面往走廊盡頭的辦公室走去，一面仔細觀察這陌生的環境，又自覺地記住此處的一切細節，彷彿所有細枝末節都是她賴以認識世昌的線索。坐在黑色皮面大班椅上的世昌轉過身來，見了奕菲，便揚起了一抹燦然的笑容。奕菲看著世昌身後的辦公桌，那桌上擺滿了不同餐廳的飯菜，像威靈頓牛扒、肉骨茶、燒河豚魚乾等不同國家的菜式，世昌剛才顯然是在數家餐館之間往返奔波了。不但如此，他知道草莓是奕菲最喜歡的水果，因此特意買了奈良淡雪，把它們洗好，也細心地切去了草莓上的小葉子，把它們鋪在碟子上拼成一個圓滿的心形。奕菲小巧的嘴角禁不住翹起了，上揚的弧度似那夜天上搖搖欲墜的玉弓。她坐下來，定睛看著碟上的櫻色小燈籠，那纖細的指頭在碟邊上掃了一掃，笑道：「你的記性真好。」世昌滿臉春風：「這得看對象是誰——妳說的話，我都記得。」奕菲看看他微笑道：「要是我被慣懷了，那怎麼辦？」世昌笑著答道：

「這可是我將來要費心的事兒，不用妳操心。」

世昌拿著刀叉，把牛扒切成小塊，再分給奕菲。奕菲嘴裏還細嚼著牛肉，世昌忽然拿起他的錢包，從裏面抽出數張鈔票，遞給奕菲：「夠麼？」奕菲前天在自動櫃員機提款時，正跟世昌通話，提款卡不知怎地被機器吃掉了，若要再次從櫃員機提款，還得等銀行補發新卡。

這世上沒有一種愛情，能夠完全和錢脫得了關係。

他的話使奕菲第一時間想起了世昌的前度。她雖比奕菲大上數年，但他們還在一起的時候，他的前度只是剛踏入社會的年輕女子，後來工作了一年，便厭倦了，索性叫世昌養她。而世昌也不在乎那點錢，便真的一直養著這個人，直至他發現她與別的年輕男子有見不得光的關係。奕菲打心底裏看不起這女人。她把大班椅轉向世昌，稍稍推了推他拿著鈔票的手：「你對她太好了。你給女人這許多的方便，怎麼知道她是愛你的人，還是愛你的方便？——我也喜歡錢，但我不想要你的錢。」拒絕有時是一種無心的勾引，世昌看著眼前這出奇的少女，內心是有點被征服了。

他一時之間答不出話來，可是內心有一種含蓄的感覺，覺得言語是多餘的。世界幾乎被黑夜覆沒，只有桌子上的點點燭光依然照亮著他們的輪廓，以至二人心中美麗的夢。蠟燭頭上的火苗一面隨風搖曳著，它的頂端一面閃著幽幽的黃光，當這火焰的光映在他們身上時，卻映紅了他們的半邊臉，那火紅的光彩顫動不已。兩把椅子的輪子向對方靠攏，面對著彼此，須臾，便在最恰當的位置上停了下來；慢慢地，他們的兩張臉也靠得很近，各自的鼻息覆上了彼此的臉，二人頓覺臉上一陣灼熱。奕菲扇動了她長長的睫毛，世昌也驟然垂下了眼簾，他們的兩雙睫毛是一對輕輕拍翼的蝴蝶，愛情如蝶翩翩。他們的唇湊到一起了。

吃過晚飯後，世昌開著車把奕菲送回宿舍去。回去的路上，二人都沒怎麼說話，奕菲看了世昌一眼，正猜想他此刻的面容究竟是一副若有所思的樣子，抑或只是一副專注駕駛的神情，然而這是一種沒有答案的默想。車子裏的世昌穩穩地把握著手中的方向盤，車身之下，輪子的所到之處皆為他所驅使，世昌是這小小鐵屋子的主宰。奕菲把目光投到車窗外的遠方，車子一直在路上往前奔馳，那些風景才剛落入她眼內，頃刻間便不斷往後掠過——車外的世界是一個閃逝的世界，這片景象才是世界最寫實的投影。

以後，世昌變成了一個極憐香惜玉的人，他對奕菲的好，幾乎像覆蓋身體每一吋的皮膚一般鉅細無遺，人說這是背靠背睡覺——體貼人。生活的大事當然不在話下，就連奕菲每天在宿舍裏喝的是甚麼水，他都認為是他的事。大學裏的少男少女如同魚池中的魚兒，在水底無拘無束地游曳，實在沒有誰不熱衷於擁抱自由。可奕菲卻是心甘情願被管束的，因為未曾經歷過。自由久了，同樣會膩，人就是如此犯賤。她彷彿是小池裏唯一一尾渴望被馴養的魚。

一天晚上，奕菲正在茶水間盛水，乍看之下，水壺裏清澈無色的水混雜了許多白色的雜質，它愈是晶瑩，卻愈發彰顯出它的不純淨。電話裏的世昌聽見了，立刻在網上買了兩箱瓶裝水，第二天便讓送貨員把水送到奕菲的宿舍去。

奕菲見了，內心驚喜交集，雙眼一下子變了明亮的兩彎月牙，就算是她眼前那兩個土黃色的紙箱子，也難以盛滿她的快樂。在愛的過程中，最美好的永遠是落在心頭的一點點感動。從前的奕菲，要麼正在緬懷人生起初的那幾年，要麼便是在寄望渺遠的將來，活在當前的現實裏總是痛苦的，因為她過去的眼下幾乎只有表面的快樂，就連她皮囊上的笑，也是她為生活而製造出來的鎮靜劑，精神上始終沒有朝氣。而奕菲現在所體驗的快樂，是被放大了的快樂，只因它是她未嘗過的一種滋味，便充滿了新奇的美。在人的眼睛裏，熟悉的地方沒有風景。

當然，奕菲是個禮尚往來的孩子，因她認為有來有往的關係，才會是最長久的一種。課後，奕菲常常到咖啡店寫論文，離開的時候，她會外帶一件蛋糕，再把這份世昌意想不到的心意專程送到他的公司去。

奕菲初次這樣做的時候，她在世昌的公司門前放下了裝有甜點的紙袋，便轉身離開。世昌其後收到奕菲的短訊，隨即走往門口處，把那份驚喜提起。他打開紙盒，甜蜜的美味就此靜默地安坐在象牙白的盒子裏。起初這真叫世昌喜出望外，於是他拿起手提電話，為它拍下一張又一張的照片，可是當他透過小巧的鏡頭注視著那純白色的奶油時，心裏卻有了一種異樣的情緒，總覺得它也正在目不轉睛地凝視著自己。因為眼前的風景是他未曾目睹過的一種，他怕這種快樂是虛幻的。世昌此際的思想簡直毫無章法可言，他想起奕菲，想起她坎坷的青春，她工作上的成就，還有她不符年紀的成熟老練，他認為他們的心是相通的，那裏有一座實在的橋，二人也就有能一起走的路——但如此寄望青春的心渴望歸宿，難不成不是一件荒唐的事麼？就連他也禁不住質疑自己。

世昌從袋子裏拿出一把叉子來，輕輕挖下了一小塊蛋糕。霜雪一般的奶油入了口，便馬上冰消雪融，只落得一個雪色的盡頭。世昌嗜甜，他才嘗了一口，便不由自主地深深記住了它的好，捨不得它消融。他一口接一口地吃下去，甚至還沒有去咀嚼它，只是把那口蛋糕含在嘴裏，等它化掉，也感受它化掉。人對事物的喜愛，有時還源出於它的短暫。

蛋糕上本來有一朵栩栩如生的奶油玫瑰，層層疊疊的花瓣緊緊地挨擠在一起，像朵玲瓏的雕刻木花。但是當他再三把叉子插進蛋糕裏，它就塌陷成一片廢墟，一切精緻的細節皆在無聲中遭到毀滅。世昌兩眼直直地凝眸看著這破瓦頹垣的景象，也不知想到哪裏去了。

以後，世昌決心要做奕菲那小池的主人，奕菲只管在水中悠哉地游，而他要逕自旁觀這一面寶鏡，察看鏡子上舞動的影像在光的照耀下忽閃忽閃，可是世昌不僅要把握這種晃動的光，他還想要左右它。

魚兒一扇一扇的尾巴不過是逼迫牠駛離一處的船槳，當它的搖擺漾起了一圈圈漣漪，碎銀似的水面便隨水波晃蕩，輕輕晃出一個漂泊的夢。一個普通人，如果無法在日常生活中經歷到某事，便以為它是不實的；然而世昌體會過夢的美好，便不願相信夢是虛假的。

奕菲所過的生活是半工讀的日子，這段歲月分外匆促，幾乎每天也是匆匆起，遲遲歸，沒日沒夜地忙個不停。平常只有在課堂與工作之間的時分，她才能夠歇息片刻，就連按時吃飯也是一種奢侈。世昌時常問奕菲在哪裏，要是她正在宿舍，便為她叫外送，要人把食物送到她的手裏，而吃的甚麼，全是世昌拿的主意。她一路上的顛顛簸簸，如今也變成了他生命裏的點點滴滴。他一心想她好好的，也要她在生活的一切上想起他。

這天晚上，世昌又替奕菲叫了外送，奕菲一面吃飯，一面與世昌聊著。說著，世昌忽然叫她到大堂取東西去，奕菲心裏有點意外，然後下樓把一個小小的盒子拿上去，裏面放著她最喜歡的豆腐柚子蛋糕。

待奕菲回到房間，世昌隨即道：「妳能站到靠窗的位置麼？」奕菲緊靠窗戶，扭頭俯視窗外，只見世昌正站在學生宿舍前的空地，昂首仰視著奕菲房間方方正正的那一扇窗，朝著她揮手，而他的另一隻手，也拿著個一模一樣的小盒子。溶溶月色下，世昌近旁的一排菩提樹是那樣的葱蘢，枝上深碧色的葉子似是打了蠟，影影綽綽地發出某種潤澤的光。他往旁邊的斜坡走去，在梯級上坐下來笑道：「我也陪妳吃。」二人嘴裏嘗著同樣的味道，也同樣地看不清遠處的彼此。然而只有在這片無形的霧靄中端詳著對方，才足以使他們忘記一切焦點，一心沉浸在這種醉人的朦朧中。

吃過蛋糕以後，奕菲向世昌道：「訪客是可以上來的，你不知道麼？」世昌問道：「哦，那妳怎麼不早說？妳的室友在麼？」奕菲抿嘴一笑道：「我就喜歡這樣看著你呀。看你特意來，小小的一個樹下的人影，只為坐在那兒陪我隔空吃一塊蛋糕。」世昌笑道：「那妳現在是要邀請我上來麼？」

奕菲下去帶世昌到大堂的櫃枱登記，然後二人便一同乘電梯上樓。就在世昌步入電梯的時候，電梯裏還有其他學生，許多異樣而淡然的目光同時匆匆掃過他這人，也沒有別的緣故，只是因為世昌與他們不同。像他這年紀的人，要是突兀兀地立在一群少男少女之中，便成了另類的人，是件引人注目的事。此處連半點話音也聽不見，可是奕菲卻覺得整部電梯都是他人的心聲。她別無表情，因為她對世界的反應漠不關心——與別人的聲音比較起來，她更相信自己的。這一剎那間她彷彿變了個人，別人的眼色在她現在的世界裏是多餘的身外物。

之後，世昌陪奕菲到頂樓的洗衣房去收衣服。奕菲在乾衣機前蹲下來，把衣物逐一放進洗衣籃裏，卻發現她只穿過一遍的裙子褪色了。那是奕菲心愛的衣服，於是她立即上網查看，發現它已售罄，於是她鼓著嘴，只怪自己清洗衣服時太不小心。奕菲本來有些黯然，但當她意識到自己只顧埋首於此事，冷落了世昌，便馬上和他說起話來。

她看著他道：「對了，你今天怎麼這麼晚？」世昌道：「我下班後先趕回家陪我爸吃飯，就怕他寂寞。」奕菲問道：「他最近還好麼？」世昌躊躇了一會道：「還是老樣子。」說著，他幽幽的視線一直落在眼前空洞的牆上，奕菲用她探索的目光望著世昌的眼睛，總覺得他剛才的眼神中有閃過一抹幽光，黑溜溜的眸色裏彷彿有著另一個寬廣遙遠的世界。

世昌一想起自己的家庭，就想到自己已是個老練的中年人，他得對自己的生命負上全部的責任。世昌視他母親的死，為他父親的死的先兆，他相信父母是他生命唯一的來處，也是他一直以來生命的歸宿。如果父母皆不在了，便到他直面死亡，到時候，原先回家的歸途已沒有了，只剩下孤獨向死的道路，他只能有一個鍾愛的妻作為他下半生的家。所以他母親生前老是催促他成婚，他父親現在也總叫他娶妻。其實世昌自己也是極其重視這一切的，在他喪母以後，他滿腦子想的都是所有事物的未來——這是世昌認為他餘生的存在意義。

二人都沉默了一會，然後世昌忽然問道：「妳不是喜歡吃家常菜麼——要不要找天上來吃他做的飯？」奕菲沒有立刻回話，然而她心裏還是高興的，因為世昌提議帶她回家見自己的父親——她能夠感受到他的認真。奕菲是個慎於接物的女孩子，還常常提醒她自己，愈年長的男人愈聰明，而她喜歡的總是比她大上許多的人，便自覺年輕是她的軟肋，因此她不能在感情裏鬆懈。在這件事上，她有她自己的心思：感情是兩個人的事，可是如果她見了世昌的父親，感到了他對世昌那份沉重的期許，她從此便不能不顧到他。奕菲對世昌的感情是認真的，可是不知道為甚麼，她竟然對他們的未來感到懼怕起來，也許因為她實在太年輕了。對於年輕人而言，將來是種全然不可預見的變數。奕菲先說：「好呀。」又道：「遲些去吧。」世昌瞟了她一眼，注意到她的遲疑，便似笑非笑地接口道：「真好——那我以後再問妳。」

窗外的那輪白玉盤仍然冷清地半懸在天幕上，而它的光，像迷離的銀紗，從奕菲房間的窗口垂落下來。訪客不能在學生宿舍留宿，世昌就在探訪時間結束以前離開了。走的時候，他抬頭望向面前的菩提樹，它們茂密的枝幹彷彿爬滿天空，似無數把尖削的長劍，直插向瑩白的月光中。世昌看了，只感到一陣淒涼。

這樣又過了一星期，奕菲做完兼職回去，已是晚飯時間，趁她的室友不在，世昌買了簡餐，還把他父親做的湯水也一併帶來，在宿舍的大堂等著她。奕菲來了，二人便一起上樓吃飯。奕菲看到那湯壺，便明知故問道：「那是甚麼？」世昌笑道：「那是——妳喜歡的。」奕菲笑著伸手過去拿起湯壺，扭開壺蓋道：「我是認真在問——」世昌看著她笑答道：「番茄馬鈴薯魚湯——我也是認真的。」然後他一下子俯身親吻她——一個俐落的吻——正如他一般。

趁湯還是暖的，奕菲趕緊喝了一口，覺得鹽實在是放多了，那種突出的鹹就像海水的味道。可是，她感覺得到世昌眼神中的期盼，於是把湯一飲而盡，並稱讚道：「好喝！」世昌想到煮湯的父親，便接著說，昨天他父親問起他，最近半夜三更都在和誰聊天，他就在嘴上將奕菲介紹給他父親認識。奕菲問道：「你怎麼說？」他道：「就照直說——說妳的好。」奕菲笑道：「那，你有提到我還是個學生麼？」世昌道：「有——」奕菲當下睜大了眼睛催道：「那不可能只有好話的！你快點說呀。」半晌，世昌道：「我見他有些憂心，我就告訴他，不論思想上、工作上，妳比我過去的女人都還要更成熟一些。他仍是有點遲疑，我就跟他說起妳做的事，說妳如何能幹，說妳這一路走來的風雨——他是願意相信我的。」奕菲望了望他，想說些甚麼，終究沒有開口，只是微笑。

世昌忽然打開他的背包，從裏面拿出一條摺疊整齊的靛藍色連身裙，交了給她。奕菲的臉上露出了驚喜詫異的神情：「啊，怎麼可能？」世昌道：「妳查到倉庫缺貨，但某家分店裏有可能還有存貨——這幾天下班後我都逐區挨門去找，今天終於讓我找到了。」這不是世昌需要做的，也不是他理應做的，奕菲當然心中有數——她不過是洗壞了一條平平無奇的裙子，像他這樣的一個大忙人，還為她上山下海，甚至比她自己還要在乎這件小事。要知道，一個男人是不是愛你如命，從來不看他的嘴上功夫，因為言語可以無心，但要把另一個人的瑣事全放進心裏，靠的全是工夫。現在奕菲那些雞毛蒜皮的小事，近乎是塞滿了他的生命。

奕菲的一張臉霎時晴朗起來，還煥發著光彩——那種喜悅如同一股洶湧的波濤，一直向前衝，衝得她的心突突亂跳。而她手裏的那條裙子，湊巧是最無邊的藍色，像月光下波瀾的顏色，連水面也帶種跳脫的亮光，浪一層一層地接著趕來，濺起了無數白色的花環。奕菲倚著他，甜蜜地笑道：「你這麼上心！」世昌看向她道：「這不正是妳想要的麼？」

奕菲不知道為甚麼，有些問題，她愈思考，卻愈是覺得無法理解。世昌他也是，有時當他對問題的答案愈是肯定，反而就不由得愈發疑心自己是不是過於自信了，總覺得這世上沒有絕對的事情，也有時候，他認為問題的本身就是一個確實的答案——這也怪不得他，反正人的生命本來就是隨風飄忽變幻的，誰也做不了主。

他們常常徹夜不眠地聊天，直至天就快亮，有一方睏得睡著了，對話才會結束。而說到掛線，熟睡的人自然無法作主，可就算是醒著的一方也從來不會把電話掛斷，他們就是如斯纏綿，像蝶為花流連似的。有一天，世昌提議二人到酒店過夜，他自有他的原因：「我們這幾天晚上幾乎都沒睡，今晚肯定會早早睡著的，哪怕我們不掛線，到底不如在一起好——不用被電話隔開——一切看不見的東西都像假的！」

世昌選的酒店差不多是城中最貴的一間——他喜歡花錢在奕菲身上，因為覺得她值得。畢竟心甘情願地為自己所愛的女人花上許多錢，也是中年男人的一種愛的表達。他之所以選這所酒店，是因為它的裝潢有種與眾不同的氣派，他認為奕菲會相當喜歡這裏。這酒店就像一間水晶玻璃屋，牆壁上，大門上，都用了暗綠的玻璃，到處是水淋淋的透明的綠——那是葡萄酒瓶的綠色，是最會使人醉的一種顏色，於是綠玻璃的旁邊的家具和裝飾也酒至微醺——它們都是紅的。二人往前臺走去，接待員的頭上是八盞黃銅壁燈，每盞都鑲在胭脂紅的木櫃子上，暈開的燈光直向下沉，染紅了，便變成一個個通紅的光輪，只有燈罩仍是原來燦爛的啞金色，看著分外突兀。

二人進房後，深夜的房間裏只亮起了兩束曖昧的燈光。這是奕菲第一次和男人一起到酒店過夜，因此不免有點緊張。他們無事可做，奕菲便把面前的電視機打開，因為電視裏要是有人，就能讓這空間充斥著些無關痛癢的聲音。電視螢幕才有了顏色，正播放的電影便已經接近尾聲，二人一起坐在床沿上，奕菲兩眼一動不動地盯著前面的電視，像看得十分入迷，世昌看到她那樣子，還以為那是她非常喜歡的電影。他問她：「妳以前看過這部戲嗎？」奕菲主動地稍稍坐近了點，答道：「有呀。」

他們在床邊坐久了，想換個姿勢，把身子倚靠在別的地方上。於是他們上了床，她挨著他的身邊坐下，二人一同倚在床頭的靠墊上。隔了一會，奕菲心裏想：「難道我們是特意前來看電影的嗎？」她靠在他的肩膀上，轉臉去看世昌，就怕他其實並不想看電影。世昌隨即也側過臉去，朝她說：「怎麼了？」這一看，使二人的臉皆落入凝視者的眼睛裏，如同落在電視機方框內的電影角色一般，而那些角色未盡的語聲此刻被淹沒在他們微喘的呼吸聲裏。

世昌吻過許多女人，卻從來沒有過這種暈乎乎的感覺，甚至有了要把奕菲的唇吞掉的慾望，可他又捨不得。世昌的吻技是嫻熟、懂得進退的，相形之下，在這方面奕菲還真是個名實相符的學生，她一面學習，一面跟隨他的示範，有幾下子，他們的牙齒還差點兒打起架來——明明是一種青澀、生硬的配合，卻因她的年輕而加倍地可愛——至少世昌是這樣想的。

他把她摟在懷裏，她少女的氣息便籠上了他的臉龐，連同她的豐乳也壓在他的身上，女子的年青與充分發育的胴體向來是最撩人的結合，世昌的陽具也漸漸變得不安分，一心要住進她的身體裏。世昌把奕菲壓倒在床上，自己坐起身來，正打算脫衣服的時候，卻在房間幽暗的燈光下，看見他的臉映在面前的綠玻璃牆上。他整個人的色彩皆化了在潮濕的綠裏，綠得陰沉，綠得刺眼。世昌突然停住了，剎那之間他只望著他自己。

如同他以前的女人一般，奕菲也是一所能夠供他住宿的酒店，僅僅是這次他沒有入住——他不是不想，只是覺得不應該。此刻他的身體仍頂著他聳立如同金箍棒的陽具，但是他想，奕菲是奕菲，她與他記憶中的那些女人是截然不同的。在世昌這麼多個前度中沒有一個是處女，然而一向被許多男人所包圍的奕菲卻是一貫地守身如玉，她那面耀眼的白玉璧，帶著它那種沒有曾經的純白色，厚厚地擋在他面前，處處提醒他這裏容不下半點齷齪。她的乖巧，她的認真，使他在不知不覺中變成一個誠心的信徒，他相信她所過的生活是值得他認真的，他不能隨便褻瀆她的純潔。他一貫認為聖潔的女人是最適合做妻子的——需要長遠看待的事，最不能急。

他決定了，今夜他要做個好人。其實男人並不善於自制，只是他們在徹底得到一個女人之前，是最懂得為對方擺樣子的。求愛的男人就像女人喜聞樂見的變色龍，直至他們一無所求的時候，才會原形畢露，於是大多數女人信以為真，因為看不懂那是人有所圖謀的伎倆。對於男人來說，謀愛也像謀利的一種，無利可圖的事業實在是不划算，連見風使帆的工夫也應當省下來——想得到妳的時候，妳便是人心所求；對妳再無所求的時候，心裏連為妳圖謀的空間也沒有。所以男人與變色龍唯一的分別，就是裝假背後的那片用心——也許是出於真摯的感情，到底誰曉得？世昌現在謀的是一個他可以愛的將來——他凝望著她道：「還是多等等好。」世昌一面說，一面為奕菲蓋好被子，看著觸手可及的她，他本能地抬起她紅撲撲的小臉蛋，淺淺地吻了一下奕菲的前額。覆在奕菲身上的羽絨被，在她看來是世昌親手為她披上的袈裟，被子之下如今充滿了禪意。她想起他剛才一時亂了方寸的樣子，內心感到了一陣欣喜，如今他在她心中是聖人一般的存在——只有世昌自己知道他不是。

睜眼時，人看的是世界的皮囊；閉眼時，人才看見赤裸的自己。

他們正在闔眼休息，腦海中有他們各自的夢。世昌忽然談到以後的事：「我們這樣夜夜通宵達旦地打電話聊天，第二天總是精神委靡，辦不好事，這到底是不實際的——由我來為我們租一間屋子，妳看怎樣？……同處一室，是總在一起的，不用接通也不用掛斷。」奕菲一下子愣住了，然後依偎在他的胸膛上，沒有答話。這陣親切的沉默並非她答應的前兆，只是她為自己的思考博得時間的方式。她想了想道：「世昌，我問你，假如我們真有了一個家，一旦我們有天分了手，你會怎麼開口叫我走？」半晌，她再說：「只是假如。」世昌頓了一下，淡淡地說：「那，妳明白我到時也是不得不要妳走的……在妳找到地方搬家以前，還是可以住在那兒的，我即使搬了回家住也會繼續支付租金。」——他早有他自己的家，而她呢，在這樣的情景裏是一種愛的附麗，像晚霞的餘色，懷戀地依附著天涯，捨不得消殘，只得獨自留在他們人心離散的家，見證它的粉碎。奕菲聽了他的話，只覺得二人的未來其實是世昌的未來。隔了些時，世昌叫奕菲先考慮一下，她僅說了一聲好。

潮熱的感覺暫別了身體，世昌問奕菲要不要一起去洗澡，奕菲因為害羞拒絕了。奕菲讓世昌先洗澡，之後便到她洗。她一走進浴室，那雙漱口杯子已經不在杯架上，它們立在寬綽的台盆上，一個是濕乎乎的，用過的牙刷就在杯中，而沒有沾水的那玻璃杯子上面放著一支已擠上牙膏的牙刷，她看了，想像他為自己擠牙膏的畫面，內心很是感動。少頃，奕菲這樣問自己：「為甚麼感動？」她出神地望著那支牙刷，伸手去拿起它，竟出奇地與上面搖搖欲倒的牙膏有了一種情感上的共鳴。

奕菲洗完澡出來的時候，世昌已經睡著了，她走去伸手關燈，原沾染房間那混濁的大紅大綠色調馬上散絕，只落下了純粹的黑。她輕手輕腳地往被窩裏鑽，側著身子，與側睡的世昌臉對臉地躺著。窗外，銀霧般的月光辭空而落，從淡淡的兩幅窗簾之間靜瀉到房間裏去，它的空幻使世昌臉上也有一層縹緲稀薄的幽光。奕菲的眼光此時也重重地壓在他的臉龐上，直愣愣的，彷彿注視著一件她極渴望擁有的東西。

她久久看著他，在這片昏黑中，奕菲的睫毛看起來很像一雙漆黑的蝶，鑲在她的一張臉上，一直振翅，想歇落在世昌的臉上，可飛不過滄海。翅膀下的眼睛珠子閃著玻璃一樣的冷光，奕菲揉了揉眼睛，總覺得是有些極細的障礙，害她看不清楚。她認為自己是在霧裏看花，心懸懸的，忽然覺得自己是心無定所的一個人。

面前這個男人太美好了，像慷慨的神明，將光灑向她，但她確信光明無法真正屬於任何人，認定一個人作為自己的歸宿是人假定的幸福。奕菲心裏感到莫名的不安，這時她的眼睛睜得像葡萄般大，極力把世昌的眉目五官塞進自己的眼珠子裏，可是她嫌不夠，還殷切地用臉頰蹭他下巴的鬍茬，那感覺跟用鋼絲刷擦臉沒有兩樣，只覺得刺痛，這也是徒然。但無論如何，她要繼續。記住了這陣疼痛，回憶便比現在精彩，這才是她想要的，因為只有回憶才能成為生命的信物。這一整夜她都沒有睡——睡不了。

沒等世昌睡醒，奕菲一大早就走了，因為清晨的時候，她繼父打電話給她，氣急敗壞地說：「那女人瘋了，妳自己看望她。」她隨後只聽到他砰的一聲把門關上，轉瞬間他已掛斷電話。奕菲怎也聯絡不上她母親，便感到情況不妙，迅即趕回家。

屋裏不見人，只有浴室的門鎖上了。嗷嗷——嗷嗷——嗷嗷——，奕菲在門外聽見她母親呼天搶地的哭啼聲。她母親現在像一隻哀毀骨立的受傷的貓，在無人的曠野嚎哭，那哭聲是肝腸寸斷的，又似暴怒的雷聲一般歇斯底里。可惜這不是種能引起男人共鳴的聲音，非但無法博得她繼父的一點憐惜，他聽了還只覺得厭。他走了，她的苦痛彷彿毫無價值。啪！啪！

啪！奕菲拍起門來，一個勁兒地扭動門鎖，喊道：「開門！快開門！」過了一會，門後的哭喊聲戛然停止，屋內靜如死水，奕菲也忽然變成啞然失聲的寒蟬，全然深陷於這潭水中。這裏靜得連人的心跳聲也能聽見，她僵立在那兒，世界此刻只剩下她心臟撲通撲通的猛跳聲，不能安寧。

鎖匠終於來了，咔嚓，藥丸、刀子、鮮血和女人全倒在地上——奕菲立即叫了救護車——「媽怎麼敢死？媽怎麼敢！」奕菲這樣想著，眼睛流出了熱淚。她母親割腕了，刀的劃入，讓斷線的血色玉珠沿傷口滑落，滴答，滴答，紅玉珠滴落在地，化作一朵朵濃豔的磚上血花。滴答，滴答——奕菲深受震懾，連胸膛也快容不下她顫抖的心。女人眼角的怨淚和血腥味混融在一起，帶著尖銳刺人的隱痛。她突然回想起當年在這屋子裏，她的繼父是怎樣爬到她的床上——現在她的身體和那許多年前夜裏的自己沒有兩樣，也是嚇得打顫。

晚上，夜色如同乾了的血般黯黑濃重，蜿蜒籠罩著天地，世界上處處都是傷痕。奕菲的母親在醫院醒來了，奕菲怕她吃不慣醫院的食物，便給她買來了她喜歡的廣東粥。奕菲坐在母親的病床旁邊，她們還未說上一句話，奕菲定睛細看她，看著她一口一口地把粥往嘴裏送，除了她哭腫了的眼之外，卻只覺得她的臉龐蒼白，但她看上去全然是若無其事的樣子，臉上毫無波瀾。奕菲有點坐立不安，不自覺地皺眉，刻意擺出一副冷冷的樣子，開口問道：「妳要死的時候，有想過我麼？」她母親的臉頓時像挨了霜打的葉子一般發蔫，兩眼也變得黯淡無光。她母親低沉而冷漠地說：「那項鏈——若真是妳偷的就好了。」

奕菲一時反應不過來，她繃緊的臉簡直是鐵鑄的。她母親的話使她感到這世界極其荒涼，一種情感上的貧瘠，和從前種種比較起來，她覺得這是她母親對她的生命成長所做過最殘忍的扼殺。奕菲本來希望看見她母親的眼淚，此刻倒是只有她一個人淚眼汪汪，就連從她眼裏滑落的淚珠，也是形單影隻的。茫茫人海中，她從來沒有過生命的依靠，她反反覆覆地告訴自己這是不要緊的，一切可以依賴的東西都不過是奢侈品，她只需在這世上找到一個讓她默默站立的位置。然而奕菲的世界卻只是一片白茫茫，遍地都是乳白色的霧靄，霧鎖煙迷，甚麼也看不見。

奕菲下決心要視這也是她母親對她進行的一種教育，她覺得她沒有答話的必要。因為她不願讓母親看見自己下淚，便走出病房外站著，再進去的時候，奕菲見她母親全神貫注地看著手提電話，只顧不住地打電話、發訊息，甚至沒有留心站在房門的她。奕菲的繼父一去之後，就杳無消息了，她母親那雙腫脹的眼睛像兩個熟了的桃子，一點一點往下墜，剛才冷然的眼睛此刻竟忙著為他賠眼淚，奕菲蹙著她的兩彎眉，眉心之間生起的疙瘩輪廓分明。奕菲看著她母親，不知怎麼突然就痛惜自己起來，覺得自己現在一時間長大了許多，還有發脾氣的權利，可以肆意割破這世界的一切傷口。奕菲快步走向她母親，從其手裏搶過那手提電話。她也不管她母親痛苦的哭喊，逕自拿走了她母親的生命，走到白蒼蒼的牆邊，讀他們之間的訊息，奕菲要揭開一貫蒙在她世界裏的那層白面紗，曉得葫蘆裏一直裝的到底是甚麼藥，這許多年的苦楚，要是背後能有個站得住腳的理由，也許她還是可以安然若素的。

奕菲看完了，「生孩子有甚麼用」，她也不知道。她從前看著人，以為醜陋的是他們臉上的面具，總覺得摘下它以後，哪怕假面之下的實相再不堪，也會有些使人愛的地方。可是真相只會使人流淚，因為這世上有許多根本不曾戴上面具的人。

奕菲往母親那裏走去，站在她身邊高高俯看病床上的她。本來奕菲要審判她，但當奕菲正要把那手提電話放下的時候，意外瞥見了她的電話桌布，竟仍是她和父親的合照。須臾，彷彿有尖針在刺奕菲的背，她全身麻木了，像個木雕的人。其實奕菲第一次感受到她父親的死，並非是在他斷氣的時候，而是在她覺得她熱戀中的母親已經忘了他之後。直至那刻，她才想像他拖著日漸蒼老的病體，緩緩走過冬季陰森的樹林，掩上了人間厚重的門，走在往生淨土的路上。但現在奕菲忽然懂得了，死亡原來有它自身永生的目的。唯有活人帶著深沉的瘡疤繼續前行，死人才可以持續地死去，雖死，猶生。這樣想著，她的心軟化起來，頓時覺得公平的審判也像是野蠻人的行為。奕菲變成一個慈愛的母親，認為只有愛是溫暖的，而人想要的是沒有審判的愛。然而，愛是這個家庭無法滿足的需求。她朝她母親漠然看了一眼，然後就此轉身走了。

第二天，世昌對奕菲說他看到電影廣告，他們那天在酒店裏看的電影最近出續集了，便提議二人晚上一起去看電影，奕菲也答應說好。說著話，二人其實都有點心不在焉——昨天早上，世昌在酒店醒來後不見她，心裏不免惴惴不安，故作若無其事地向奕菲探問，奕菲直到晚上才回覆，說她對不起得很，早上她朋友有急事要她幫忙，使她忙上了一整天。現在他們心裏一直想著這事，可是世昌沒有再問，而奕菲也沒有提起，二人不知道為甚麼，竟情願各懷心事。

看電影的時候，奕菲伸手去拿爆米花，恰巧碰到世昌的手，就不經意地把手縮了回去，過後她馬上覺得這斂手的動作總好像有甚麼欠妥的地方，便略略轉臉向他窺視了一下，而世昌彷彿沒有一點程度的分心。然而，他當然感覺得到她的退縮，只不過人活久了，習慣把想法藏得更深一些，不願輕易讓人看出個所以然來，其實他也在揣摩她的意思。光亮的大銀幕此刻如同天堂的一扇窗口，漆黑之中，就只有面前這光是神聖的，轟轟烈烈的，如此奪目，使人可以忘記四周陰暗的所在，但即使二人舉目仰望的視線都同樣落在銀幕上，他們此時卻還是有別的心。

電影散場後，差不多所有店舖都已經關門了，可是二人還未有想要回去的意思，便一同走到電影院對面的一座公園散步。他們走得久了，就在小噴泉旁邊坐下來。坐好之後，應當有人說話的，不然待在此處也是沒事可做，可是二人也沒有說話，於是奕菲側身倚在他的胳膊上，想要調和氣氛，可惜這樣的舉動對於此時的世昌而言，是使他感到不適的一種親近。世昌追想當時二人在酒店裏的情形，他談到二人將來的家的時候，她是面無表情的，第二天清早她竟一聲不響自己走了，是嚇跑了吧？他越發疑心自己做了傻瓜，怪自己過於相信她，認定她是自己美好的將來。平常他是個多謀善斷的人，他反覆告訴他自己，他的命運只掌握在他手中，就算是在他愛的女子面前，也應當處處當心才對。

世昌忽然又提醒他自己，這事其實再也簡單不過，他們的問題到底是可以解決的。只要他現在向奕菲問清楚，哪怕將來千難萬難，有了一個肯定的答案，他就有干涉的權利，他們便只管一直往未來走去，而他從此以後不必疑心她。世昌覺得自己不能再跟她耗下去了，他問她：「我們這樣算甚麼？」奕菲怔了一下，才回過神來消化他的這句話。她有點懷疑這道問題是他試探的行徑，心裏並不覺得世昌是想要問清楚二人的關係，雖然他們從未明說，但是他對她好，她也屢屢回應他，一切極其明白。而如果他想要的是一個確實的將來，她畢竟無法為他做出那樣的承諾，人這東西，一旦見證過生命只剩一片滿目荒蕪的未來，勢必會感到未來是一種無法化解的隔閡，認定它沒有永遠的美。再說年輕人要是侃侃地說著自己這一輩子的來日光景，聽起來也不禁使人覺得言之無物，斷定他們只見命運的皮相，卻不曾目睹它的骨相，她一直覺得這情境相當可笑，她自己實在說不出這種話。她幾乎要把她愛他說出口，可是她又停住了，認為這也沒有意思，因為世昌根本不是在跟她談感情，感情他們之間有，他要的是些實際的東西，一些她拿不出來的東西。

世昌向她投來了火一般灼熱的目光，奕菲像正從睡夢中驚醒似的，她的視線才剛自若有若無的遠方摸索回來，有點心慌。奕菲一時語塞，心裏找不到合適的話，也沒有說話的力量，腦海裏只得一片素雪茫茫。最後二人都沒有話，世昌牽牽嘴角，說要送她回宿舍去。奕菲卻說天色已晚，她可以一個人回去，那麼他也能早點休息，但世昌還是堅持要送她，她便說好。

已經是半夜了，四處是蟋蟀淒切的私語聲。天幕上的那葉銀舟從浮雲裏爬出來，把它兩頭尖刀似的影子投進噴泉的池水中，池邊一盞盞挺拔的路燈也把它們圓形的光暈投射到水面上，像有數個蒼黃的月圍住了中間那月亮倒影，許多輪月一起閃出陰沉的光，有點怪異的一種情景。

他們走到大學宿舍門前，臨別的時候，二人站在菩提樹下，風吹了過來，樹的影子波動著，婆娑的陰影落在他們的臉上。誰都沒有打破那徘徊在彼此之間的沉默，奕菲睜著她的大眼睛，眼珠裏有輕顫的冰凌花，忽閃忽閃地看著他。世昌感受到那種眼色後，只是一瞥她，不願正視她的眼睛。沉默反而是最剔透的話別。他吻她，她的心在風中顫悠不停，像隨風離枝的敗葉。

最後她在轉身進去時才哭了起來，一行行淚水在她的臉上相互交錯，如同裂痕爬上了一面玻璃窗。通過那扇窗口，她只看到她淚流滿面的母親。

笑給觀眾看，哭在散席後，一切關係的後來恐怕往往如此。

聰明的人獨愛以猜謎去證明自己的智慧，然而也會誤墮他們自己的深淵，這夜他送她回去宿舍，便是二人最後一次見面了。人生來即是種悲傷的生物，單單是生存，使人哀悼的事物便會日漸累積。生命似乎永遠無法真正地走出哀傷。

到了下學期，奕菲找了一處地方，獨自從大學宿舍搬了出來住。在她搬離舍堂以前，她在看聯舍棍網球比賽的時候認識了一個名叫宇賀的男人，他是她同學的大哥。初見面，他們同是棍網球比賽的觀眾，雖然坐在彼此旁邊，但卻是沒有交集的兩個人。完場以後天氣變了，天忽然下起雨來，正在離開的人們當中有不少是沒有帶傘的，奕菲也是。宇賀見到她淋著雨，就上前為她撐傘。奕菲從未見過個子這樣高的男人，就連在街上也沒有。他為她打著傘，她抬頭一看，那大傘舉得比天還要高，像是在離她很遠很遠的地方。奕菲說過謝謝以後，他們一面走，一面聊天，她禁不住問起他的身高，宇賀頓了一下道：「就一百八十多厘米。」奕菲肯定他說的不是實話，她看他至少有兩米高，便笑了起來，有點俏皮地說：「這你也要說謊？」宇賀有些腼腆地笑著答道：「因我好像有點太高了。」

宇賀是混血兒，一張臉輪廓分明，既遺傳了他中國母親儼如遠山的一雙眉，也有他日本父親的柔和清秀，眼睛明亮而深邃，長相極美。奕菲朝他望去，他穿著一件潔白的圓領文化衫，皮膚白皙如瓷，看起來斯斯文文的，他的乾淨，甚至會使人聯想他的肚臍眼兒也是潔淨無垢的。在奕菲的眼中，他最使人不能忘記的一點，還是他的笑臉。宇賀今年剛好三十歲，但是他的笑是少年的笑，他每次在她面前笑，她都認為自己像看到了煙火，是溫暖的金絲菊模樣，而且過後的餘韻綿長。遇著他的笑，一切冰的寒的都要變得熱。

後來他約她出去吃晚飯，她也答應了。平常她不會應陌生人的約，但是這次她認為自己沒有拒絕的理由，因為快樂到底是好的。

奕菲與他相處得愈久，就愈覺得他是個傻瓜。宇賀是個建築工程師，自畢業起便一直在他現在任職的公司裏做事，數年前覺得薪金不理想，想要跳槽，不斷在外應徵工作，卻是處處碰壁，過後他的公司也拒絕了他加薪的要求。事業長久不順的人素來很難給人精幹的印象。奕菲曾向宇賀提到，她因為需要支付學費和租金，最近一直想多找一份兼職。宇賀才認識了奕菲不到兩星期，就向他所有做生意的朋友介紹她，說服了他們僱用她，為她鋪設了一條穩穩當當的路，再迎上前去接她來。宇賀對奕菲說此事的時候，提議她可以從那些工作裏面做選擇，選好以後打通電話給他的朋友就行，他全都事先交代好了。奕菲問他：「你怎麼不怕我是一個胡來的人？做不好事情，不只辜負你和你的朋友，還變相是當著你朋友的面前敗了你的信譽——」宇賀肯定地說：「妳不是這種人。能有像妳這樣好的員工，是所有老闆的榮幸，最後他們誰能有這樣的運氣，還應當回來感謝我才對。」奕菲笑道：「你怎麼知道？你又沒有親眼看見。世人說年輕的女孩子都一個樣！」奕菲心想：哪怕眼前這男人比自己大上許多，他對人的戒心到底還是不夠，彷彿是個容易上當的人。

以前她認為自己喜歡成熟的男人，是因為他們總比少年更聰明更世故一些，可是她遇見了宇賀以後，才知道自己原來也能夠喜歡上傻氣的人。她覺得，如果人願意留心，沒有頭腦的人有比聰明人更可愛的地方——可愛，所以可以愛，容易愛，人們之間的感情才能像露珠一般透明，清澈得可以見底。可就算是這樣理想的情境，裏面也還是會有別的危機，因為一旦陷入了這樣的愛，女人總會不自覺地漸漸大膽起來，而男人則會逐漸變成一個懦夫。

宇賀辦公的時候，老是會想起她，想見她，幾乎每天下班後，他都會直奔奕菲的家。也有時候奕菲要晚點才能回去，宇賀便自己回家吃飯，然後再把湯和飯菜打包送到她的家，全為了逗她笑。那陣子明明還只是初春，天氣卻驟然熱了，天上的火球毒辣辣地烤炙著大地，是最使人急躁的一種天氣。當宇賀離開了奕菲身邊，他的快樂便不知到哪兒去了，於是辦完了公，他又往他的快樂奔去，一路上熱風吹拂著宇賀的臉，他覺得天更熱了，滿肚子遇熱膨脹的情感，彷彿還有熾熱的氣流經過他的心，使他感到有些受不了。

因為宇賀近兩米的身高，當他走進她家門時，頭時常會撞到大門頂上的邊框，他總啊的一聲叫起來，下意識用手按住頭顱。奕菲也不知道他是不是真撞壞了腦袋，他都來過這麼多遍了，還未學精，老是撞上那門框，但這在她眼中也是很可愛的樣子，然而如果換了是別的男人，她一定會嫌他笨。平常奕菲在家要吻他的時候，便會去把餐桌的椅子搬來，放在他面前，站上去，把她的小嘴貼在他的兩片唇上，他便伸手摟住她，穩住她。這樣的吻與一般人的吻比較起來，似乎更難一些，因為這也是她的力氣活兒。她喜歡的是要她費力勞心的事情，她所理解的辛苦就是愛著人的意思。

以後，宇賀總在奕菲家過夜，也可以說他們是住在一起了，宇賀說他得付房租才行，可是奕菲不願讓他負上任何的責任。她相信沒有男人是天生喜歡負責的，怕履行責任會消磨人的激情，而且她也不像那些熱衷於考驗人性的女人，她早就明白人性是不堪一擊的。她向他爽快地笑道：「不要。你在這裏只負責開心。」奕菲心裏想，即使這世間沒有純粹的快樂，她還是可以把摻雜其中的煩擾只留給自己，因他要是活在她的心眼兒之下，便無需多想，可以繼續做個乾淨的人。再說，這麼多年來，她受慣了苦，在她看來苦境才是她能夠預見的情境，要是現在忽然過上了好日子，她反而會感到更不適一些。

奕菲自小事事克己，任誰都比她更熱愛享樂，她所有的興趣和習慣，都是使她變得更聰明博學的一類，常人身上有的壞習慣，在她身上是找不著的。奕菲看宇賀是跟自己一樣認真清白的一個人，起初她認為他就只有一點不好：他會抽大麻。有天晚上，宇賀坐在床沿上，點上了一支細細的煙捲，淺淺地吸了一口，在她眼前吐出灰白的雲煙，似半空中的暮靄。那股煙還來不及彌散，一瞥間已經被他用鼻子吸盡了，蓬萊仙境頓時變了海市蜃樓，沒有散去的只有他的風情和她的幻想。他神氣的笑從他的唇角溢出來，漾至滿臉，他瞇著笑眼看她，那煙捲尚在他的指間靜靜燒著，煙裊裊地上騰，男人的臉就在這變幻的白紗後忽隱忽現。平常她最討厭人抽煙，但是她看他有種虛無的美麗。

這情景使她追想起宇賀以前給她看的一幀照片，那是少年的他在日本拍的家庭照，他們三代人的腳下之地是座漂浮在雲上的山城，人就站在山中的雲霧裏，看上去怎也應當帶有幾分清冷。然而乳白色的霧靄繞在他們的笑臉上，不過為人的頭髮添了幾分滑膩，他們模糊的形象看起來卻是相當祥和的一種。因她看的是宇賀的風景，他的風景也沾了他的光。奕菲從那天起認為日本的山在偉岸中也有溫情，山上的霧是她看過最親切的霧，就連雲海的伸展也是溫婉而非洶湧的。

宇賀的一技之長是吞雲吐霧，面對飄然的煙的時候，他是心手相應的，噴出煙來之後，必定把煙吸得乾淨俐落，絕無可能漏掉任何一縷煙絲。宇賀現在有種片刻的孩子氣，她見他洋洋得意的樣子，笑了起來道：「你這麼壞——」他知道她向來厭惡人抽煙，便答道：「大麻不算煙，我也是個不抽煙的人！」宇賀更靠近她一些，把煙捲遞到她的嘴邊：「來，妳試試看。」奕菲看著他那像黑水晶葡萄般的眼睛，竟一反常態，沒有拒絕他：「不懂得——沒抽過。」他當上她的老師，但是沒有使她學會，她吸了一口，那煙便嗆得她咳個不停，她把那支煙還他，馬上去了喝水。

她回到床上以後，宇賀問她想不想換個方式試一遍，她躊躇了一會，沒有答話，只是向他點點頭，羞怯中也有嬌媚。宇賀用手指夾著那半截煙，向她柔聲道：「待會兒我吹，妳吸。」他悠然地吸，身體一下子向她湊近，一整片人間煙火徐徐往她吹來，煙氣一覆在她臉上，在他眼裏就化成了她的臉。這次她接連吸了幾口，宇賀等著她的反應，煙也漸漸沒有了痕跡，她說她還是沒有感覺。宇賀低頭看著她，一時忘了思考，不由得覺得剛才的一切已成過眼雲煙，他俯身吻她，這吻還深入到她的牙床。後來她回想起來，這彷彿是個吮吸她、啃噬她的吻。

他的身體實在太長了，比她的床還要長。他在她床上躺著時，足部總是懸著的。睡前，奕菲躺在床尾的位置，輕輕踢著他懸空的腳掌，覺得這是一雙使她喜悅的腿，所以不斷地玩。過了一會兒，她跨上他的身體，背靠著他，她的身子和他的疊在一起。他伸出手來，摟住她的腰，她就壓在他身上跟他比高。在這世上，不切實際的事就是最快樂的事。他們此刻的笑是細細脆脆的笑，在這靜夜裏，那笑聲聽起來如同銀飾落地的聲音，不知怎的竟彷彿一直迴盪著。

次日早上，奕菲要到宇賀朋友的公司工作，本來她打算靜悄悄溜出去，免得吵醒宇賀，因為他上班的時間比她的更晚一些，怎料他早就醒來了。宇賀說他想接送她上下班，已經向公司請了一天假，奕菲有點驚訝，又笑又嘆道：「哎，你別傻！我得上班，又不是能整天陪你——一年的請假額度這麼少，你這是白白浪費了一天假期！」宇賀解釋道：「今天是不一樣的——今天是妳在那兒上班的第一天。」奕菲笑道：「有甚麼兩樣？我只是去做做兼職而已，又不是甚麼天大的事情！而且我有一雙腿，懂得走也懂得去坐車，還會不知道怎樣去一個地方麼？」宇賀問道：「那妳真的不用我陪？」奕菲走開了道：「你別為我失分寸——要是這些習慣生了根，那還了得？我們人是最易被慣壞的！」

那天晚上，她回到家後，開了燈，一望進去，小餐桌上幾乎鋪滿了零錢，一片銀在燈光之下熠熠生光，像餘暉下海面的點點浮光，很是耀人眼目。她往那桌子走去，才見零錢之下還有數張鈔票，她緩緩拉了把椅子，坐了下來。奕菲兩眼望著這片堅硬的閃亮的風景，坐了一會，眼裏的黑海忽然也有微波粼粼。她早上遲了出門，因此坐了計程車上班，多花了錢，只感到心痛。宇賀那時在她的床上一面歇著，一面握住電話跟她說話，知道了這件事，便跟她說了一句「我請妳」。奕菲那時沒當真，現在見到這些錢，內心不覺震了一震。她孤單地坐著，正在笑她自己，想起從前她遇過許多直把鈔票往她手裏塞的男人，而且出手還要闊綽許多，現在只不過這點小錢，她為甚麼要哭？她看著眼前滿桌的零錢，心裏想的是他把他錢包裏的每一分錢全倒出來的情景。她見了人的認真，一顆心便馬上變了豆腐心，眼淚直掉下來。

她是個要為錢操心的人，但是她從來不要男人給她錢，因為在俗世裏，靠得住的從來是自己的錢，而不是別人的。錢就是社會裏新式的奴隸制度，賺了錢，她是自己的錢的主人，然而如果她愛的是旁人的錢，她便得去做對方金錢的奴隸，她當然不願意。愛聽話的人才適合做奴隸，她自己知道自己的脾氣，她是低不了頭的。她胡思亂想，不肯做錢的奴隸，卻忽然想做他感情的奴隸，從此免去了思考的痛苦，只管放心做她這輩子還未做過的，一個沐浴在愛裏的人，況且愛的奴隸比起金錢的奴隸要高級許多，因為當中有人性的關係。奕菲的心驀地緊縮了一下，像夜裏驚夢，使她頓時清醒過來——現在擺在她面前的是宇賀純樸的愛，她那雙哭紅了的眼睛望不穿這片銀晃晃的光斑。

她有這些感受，但不敢告訴他，就怕只有受過傷害的人才會懂得愛上傷口。奕菲決不會捨得用這些錢，因為一旦開始花去這點錢，定會迎來用盡的一天，所以她特意找來一個小束口袋，把鈔票和零錢都放進去了，這小袋子就此安放在她的抽屜裏，一關上了抽屜，那些錢也彷彿避世離俗似的。

有一天，宇賀跟奕菲說他姨母做檢查驗出了癌症，他以後下班後要先到醫院去陪他姨母，然後才能來，回家的時間會晚一點。說到這裏，宇賀的五官變得僵硬起來，像江郎才盡的畫家筆下的人像畫，描繪出來的一張臉全然失了人蘊藉的神緒。奕菲見了他這副疑似不緊不慢的樣子，只覺得他的面目有種異樣的生硬，彷彿他的話其實含著更深的意思，她心裏不明所以，便問道：「你跟你姨母感情很好麼？」宇賀說，他的姨母仍然未婚，膝下無子，而她的兄弟姊妹全都在長大後成家生子了，自然總是忙著陪他們各自的家人。平常只有在新年的時候，姨母才會與她的兄弟姊妹聚首一堂，他們的感情確是日漸生疏了。而在宇賀小時候，宇賀的父母想到香港闖天下，他們打算等事業穩定下來，才把宇賀接過去，那時在他父母的親友之中，只有他姨母還有閒暇能夠幫忙帶孩子，所以他父母曾把他交給他姨母帶過一段時間，因此宇賀跟他姨母的關係自然是更親近一些。

自宇賀大學畢業起，他姨母每月也會約他到她家吃飯，為了做好二人根本吃不完的滿桌飯菜，她會提前一兩天開始四出張羅，對於一個七十多歲的人而言，這是一件極勞神費力的事情，說會因此而傷到生命也不足為怪。她還是個特別相信神仙鬼怪的人，一向以為人「舉頭三尺有神明」，每逢神誕和重要節日，她都會為宇賀到廟裏參拜神明，求籤問事。她甚至還不會為自己求庇佑，就只祈求他一人平安健康，她疼愛他到這程度，簡直是把宇賀當做自己的親兒子了。在他的眼中，他姨母是個頂親切的人，待人充滿了閒靜的深情，但是言談間一觸及到她情感的深處，便總覺得那一處瀰漫著一份虛飄飄的蒼涼氣質。

奕菲兩手抱緊他，問道：「你還好嗎？」宇賀低下頭去，伸手去握住她的手，輕輕答道：「也許她會好起來呢。」儘管此刻的他顯然是落寞的，他說的話聽起來仍絲毫不染塵世的俗氣，整個人如融了冰的雪水一般清瑩秀澈。她想著宇賀剛才說的話，即便她只認識宇賀和他年紀最小的弟弟，她也似乎能夠明白，像他姨母這樣孤獨的老人為甚麼會偏愛宇賀這孩子。因為他有種內斂的光亮至美的氣息，平常就算只是一般的日光落在他身上，也彷彿為他鍍上了一層金色的光，與他本身隱隱散發著的光彩融合在一起，是種說不出的和諧相契——使人精神愉悅的一種風景。

他姨母對他的愛，一時在宇賀和奕菲之間起了奇怪的感情作用——這竟使奕菲更愛他了。現在此事時時刻刻提醒著她，叫她更確信眼前這男人值得她的愛——然而她也值得他的愛麼？她真不知道。深夜裏，宇賀在她身邊睡得正熟，微微張著嘴呼吸，奕菲端詳著他的睡顏，見他唇上有些唾沫，在夜色中發著水靈靈的一點光。一種難以名狀的感覺突然主宰著她，她默然吻上他那片濕了的唇，用嘴輕輕抹去了上面的光彩。

宇賀這時候開始每天抽大麻，從前他每星期只抽一次。每天晚上他一從醫院回來，換上一套衣服，整個人便癱軟在奕菲的床上，兩眼彷彿失去了往日的光采，只木然地望著他頭上空無一物的天花板。他看久了，稍一回神之後，就去把早已捲好的煙捲拿出來，點上其中一支，讓它毫無聲息地燃燒，零落成地上點點寂寞的煙灰。活著的人也是始終要成灰的，現在宇賀畢竟切身感受到這一點，因而深深悲傷著，他的這些心思，奕菲都洞悉了，才不去勸阻他。

有次宇賀一面抽大麻，一面對她說：「現在我到醫院去陪我姨母，說話的時候看著她，老是接不上話去——」奕菲正等他把話說下去。宇賀喃喃地道：「因為我也覺得難過……我知道她肯定比我更難受上千萬倍——我一直這樣想著，便找不到相當的話。——我是有些怕，怕自己說錯了話——如果要說話，我心中只有些彷彿會使她傷心的話。」

奕菲不覺一怔，半晌方看著他道：「那時我父親快死了，瘦得只剩皮包骨頭，看上去已經不是人的模樣。他坐在床上，連挪動身子的力氣都沒有，只有他的眼還會骨碌碌地打轉，像具會動的骷髏。當年我也怕，所以我也沒有話……總是沒有話。我現在長大了，才懂得自己有多愛他，但不過幾歲的我怎麼知道怎樣愛？……」說著，她的眼淚潸潸流下來，她筆直地向前望去，道：「我知道我不過是個年青人，彷彿沒有資格說這種話，要是讓別人聽了，或許就徒然要見笑於人，我也只跟你一個人說，我最大的遺憾，就是在他得靠別人為他洗澡的那段日子裏，我分明知道他每每得眼睜睜看著自己在浴缸中失禁，和自己的大小便洗在一起，張開著一雙無力的腿，任人去抹他的尿道口，抹他的肛門，而我看著他整個人一寸寸地枯死，竟然沒告訴他我覺得他有多勇敢，反倒只敢在他洗澡的時候躲到房間去，在背地裏哭。隔了這麼久，我還是覺得當初的自己辜負了他的愛。如果不說話，愛跟不愛看起來也是同樣的漠然。」

愛情不過是座蹺蹺板，兩個人一起玩，各自坐在兩端，一方軟弱，另一方就一下子意志堅強起來，總是起伏相牽。強行要坐在同一端的話，絕對玩不下去。奕菲看他現在彷彿是跟自己同病相憐的一個人，便一時強大起來，擺出了一副近乎理想母親的姿態，對他進行愛的教育，只為不要他重蹈她自己的覆轍。她過後再細想她自己的說話，還以為自己的作為是高尚的，是至善至誠的，當中應當有她對他純粹的愛。然而奕菲當時並不知道自己這樣做是出於一種補償心理，只為彌補她自己的歲月罷了。

過了數天，宇賀陪他姨母在醫院裏聽醫生報告，那是個暑天，整座城像個吞吐著火浪的大燒窯，沒有開著的窗子，連空氣也是稠呼呼的。醫生說她的病情不容樂觀，而且基因測試的結果證明她不適合使用標靶藥物，只能同步接受化療和免疫治療。她本來還把新的標靶藥當成自己的救命草，怎料事情的發展在她的意料之外，擺在她眼前的就只有壞徵兆。怕死的人最易把迷信當成信仰，既然求不了人，她便去求神。

宇賀的姨母隨後打了通電話，請她相熟的風水師為她算命，那風水先生如是說：「我見妳今年有天梁星臨遷移宮——如果天梁化祿，就代表妳這次可以化險為夷，可惜它沒有。但照理說，要是妳出國治療，把病治好的機會肯定比留在這裏治病高。」掛線後她向宇賀轉述這風水師的話，他便問她道：「那妳怎麼想？」他姨母現在是這先生的虔敬教徒，對他奉若神明，他既然給她指引，她聽了，就非要句句照辦不可。其實她心裏已經拿定了主意，但是她對著宇賀，一時不想把話說得太滿，便答道：「我想要去——不過這不能兒戲，我怎也得再想想。」

宇賀從醫院出來，走在路上，那高張在空中的太陽像是撕開了他的皮，一顆心被曬得灼燙，使人不適的一種熾熱。他只覺得許多熱的氣流迎面向他撲來，壓得他喘不過氣。他心裏有種不好的預感，忽然覺得自己馬上就要失去兩個愛人了。

奕菲那天下課回來，一開門，便看見宇賀坐在餐桌前，正開著手提電腦看電影，電影角色咯咯地笑著，屋內充滿了喜悅的聲音。奕菲脫著鞋子問他：「你在看甚麼？」宇賀答道：「舊時香港的喜劇——」奕菲道：「哦？你不是不愛看喜劇的麼？」

她走了過去，想看看這到底是哪部戲。宇賀問她：「這妳應該沒看過吧？它上映的時候，妳還沒出生呢！」奕菲鼓起了腮幫子，沒答理他，扭過身子去，打算去換衣服。落日將屋內的人影拉得格外的長，奕菲轉身時看到他那歪曲的孤單的影子，更覺得窗外的暮色深沉了。

她往窗外看，外面的天是幅緋紅絲織錦緞，那錦幔的花紋就是落霞映雪的模樣，既似女人的臉色，也似一件女人的衣服覆上了天。屋裏充滿一陣陣陌生的人聲，彷彿有許多人嘰嘰喳喳地說笑。她認為這是有益的，娛樂最易使人分心，他或者就能夠從他姨母的事中短暫地抽離一會——可是宇賀之所以看喜劇，正是因為他的世界到處都是他姨母的身影。

奕菲換上家居服後回到客廳，宇賀正在翻熱他從他家帶過來的飯菜，他一聽見叮的一聲，便去捧來兩個玻璃飯盒，食物熱氣騰騰的。奕菲只坐在餐桌前等吃，眼見桌上放的是別人家的美味，覺得幸福就此擺在自己的面前，深深地認為這些殘羹剩飯一定比她往常做的菜可口，因為「外國的月亮比較圓」。她一時有了興致，把他用來點煙的打火機拿來，點上了數根細細長長的白蠟燭，便把燈關上。黃燦燦的火舌在黑暗中有種活潑的姿態，小小的火焰在每根玉柱子的上端直跳躍著，給二人的臉染了一層淡薄的暖色。

奕菲見桌上有兩個保溫壺，就把其中一個拿去，特地將一半的湯倒進碗中，放在冰箱裏，留待明天才喝。她倒湯的時候，不小心把湯汁濺到手上，捨不得浪費，便把手指頭也舔了一下。宇賀一會兒就把一壺湯喝完了。他吃著飯，忽然說道：「我今天去醫院聽報告，醫生說姨母現在的情況不甚好，她聽了非常怕，馬上找了個風水先生算命。」宇賀的舌頭霎時僵住了，說不出話來，只望著眼前微微抖動著的燭火，見白燭漸漸落下了蠟淚。奕菲瞅了他一眼，問道：「啊，關風水先生甚麼事？」他又道：「那風水師說她到外國接受治療比留在這裏好。」

奕菲聽了，心頓時涼了半截，表面上極力做出平靜的樣子，向他問道：「這甚麼意思？」宇賀不願看她的眼睛：「就是——從前我跟妳說過，她身邊沒有人，早把我當親兒子了。她要是真的走，肯定會要我陪她去——我們家族在英國有房產，如果她要出國治病，我猜她會選那裏。」他沒有說下去，奕菲心煩意亂，有點坐立不定，轉過身來看他，她問道：「她已經決定了要走麼？」宇賀答道：「還沒——」奕菲不待他說完，再問道：「那，如果你得走，你要去多久？」宇賀把筷子往飯盒裏伸，在稀落的米飯之間輕輕亂插著道：「我也說不準，這得視乎情況。但至少也得在那邊待上數個月。」奕菲的父親從前也是個癌症病人，所以她當然知道，要是他姨母一直苟延殘喘，治療便會繼續下去。除非她把病治好，或者死去，否則此事是完不了的。

奕菲臉上不由得變了色，一顆心上上下下地翻騰，但是她轉念一想，決意不再提問，因為覺得問下去實在不妥。當著人的性命，還有甚麼是更要緊的？然而她現在想的，無非是她自己的愛——難道她的這些問題意思還不夠明顯麼？現在只差她沒有明說罷了。她怕他會誤以為自己是個自私的人，垂下頭去，急著向他說道：「哦，那她還好嗎？」——她的這話還是說差了，比起她心中理想的話要差上許多。燭光的火舌捲曲著，火苗帶著一層彤色的暈，像一朵朵飄忽的小紅花，在茫茫黑夜中震顫不已。燭火往外投射出一片火紅的淡光，如同方才夕陽灑向大地的最後一縷霞光，久久地凝在半空中，那場日落彷彿一直沒有完。

宇賀吃完飯，心裏仍然堵得慌，看見了桌上有他尚未抽完的煙，便用柔若無骨的手指夾著它，將那隻手伸向眼前的燭火，煙捲就介入了光的所在。她只在旁看著它默默燃燒，他朝她看了一眼，從來沒見過她如此深沉的神色，下意識地把手中的那支煙遞向她。她頓了頓，然後還是將那支煙放到嘴邊，深深地吸一口，悶一會兒，才輕輕吐出來。她認真地學著抽煙，因為她現在只想坦蕩地遊戲人間。縷縷不盡的煙像一綹綹灰白的髮，只是扯不開，斬不斷，在屋子裏縈繞著，輕輕飄蕩著，還略朦朧了這小客廳，一切顏色也漸漸蒼白了些。

一星期後，他問奕菲：「妳明天能陪我到醫院去麼？我姨母——她說她很想認識妳。」奕菲詫異道：「哦，怎麼會？」宇賀道：「因為我可不能跟她談她的事——跟一個重病病人說過去，他會過分懷想；說未來，他徒然懼怕著；說現在，他眼下也只有痛苦。要說我自己的事——那有甚麼好說的？還是妳比較有意思。」接著他又若有所思道：「這幾天她不知怎麼了，一直說她從前眼見我上學、上班，只差我的愛人她還未見過，她一面說一面流淚——」奕菲認為這聽起來像一個將死的人的心願，笑著點了點頭，答應他道：「我跟你去呀！」

奕菲自剛才起便不停地胡思亂想，要是換做以前的她，她肯定會卻步。見家長，就是把一條腿踏進去二人的未來裏，而其實她何嘗不像他姨母那樣想？一談起未來，奕菲也是只有一臉惘然。更何況像她這樣的妙齡少女去見一個中年男人的家長，這是要人家怎麼想？要知道一個人老了，便最懂人情，凡遇到一點事，內心就不自禁的有了一種批判的眼光——她要怎麼使人相信她的將來？——總之這不是一件易事，幾乎是不可能的。但是無論如何，他姨母現在是一條腿踏入了棺材，她想到這一點，就有種莫名的神聖感冒上心尖，使她頓成了信徒，要虔誠地往一處奔赴，聆聽他姨母的聖諭。而且她仍對自己前陣子在宇賀面前失言的事耿耿於懷，如今這彷彿是個好機會，可以讓他看到她也在意他姨母。奕菲心問口，口問心，釐清了自己的頭緒，現在她不但願意去見他姨母，還覺得不去是沒道理的事。

第二天奕菲沒有上學，她很認真地去挑禮物給宇賀的姨母。橫豎禮多人不怪，初次與長輩見面，送禮總是可取的。宇賀下班後約了她在醫院門前會合，他從遠處走去，兩眼從眉下溫柔地望了出來，看見她正等著他，一隻手提著一籃水果，忽然笑了一笑，伸出手去替她拿著那籃子。籃子的把手上繫了兩個粉色的大蝴蝶結，他既走著，它們就上下擺動起來，像在花叢中飛舞追逐的一對蝴蝶。

醫院裏有陣刺鼻的消毒藥水味，陰冷的風一吹，那氣味便迎面撲來，對於奕菲，此氣味聞起來就是曾經的記憶的味道，她以前沒來過這所醫院，但是心中卻有一種親切的感覺。

他們走進病房，那兒有一個垂老的女人坐在床上，正抬著眼睛上下打量著奕菲，她整個人枯瘦如柴，顴骨高高地凸出，像兩座小山似的。奕菲遠遠地跟她對視了一眼，見她放在棉被上的雙手已細成兩根幼木棍子，皮膚也蒙上了一層暗澀的灰，看上去就是一個蠟造的人。雖然這女人看起來消瘦了許多，但是奕菲認得她就是宇賀讓她看的那幀家庭照片上的人。奕菲跟她打了招呼，有點靦腆地笑了笑，便把自己帶來的見面禮放在床邊桌上。女人朝她淺笑道：「謝謝，妳真有心。」

病房之內，沒有一盞燈是從天花板懸吊下來的，只得幾方嵌在天花頂裏的平板燈，光穿過四四方方的格子，墮落至鋥亮的地磚上。燈光是渾濁的白色，外面的天反倒是最濃稠的黑，這下子兩個世界一片亮，一片暗，眼前彷彿只有黑白重疊後的各種灰色，一切事物都換上了陰翳的面目。在這裏，那色彩繽紛的小果籃子如同天外來物，在人的心中不是一種足履實地的喜悅。

宇賀介紹道：「這是奕菲。這是我姨母。」宇賀的姨母以她薄弱的聲線叫道：「妳特地跑來這兒，肯定累了，就別站著，快坐下來吧！」奕菲連忙答道：「不，沒這回事呢！」奕菲把後方的椅子移到宇賀姨母的床邊，坐了下來，一對膝蓋矜持地並攏著。宇賀的姨母忽然握住了奕菲的手說道：「奕菲，我成天待在這裏聽得最多的，就是妳的事了——來，妳靠近些，讓我好好看看妳吧！」她聽了此話，不好意思地笑了笑，順著宇賀姨母的意思，將自己的身子稍微往前傾。宇賀姨母的一雙手皺巴巴的，皮膚是樹根一般的質地，因為病的緣故，她尖尖的十指還瘦似螃蟹的腿，壓在奕菲的手上，就彷彿有兩把以骨頭造的小耙子正夾著奕菲。宇賀的姨母略睜大了眼睛望著奕菲，聚焦在奕菲臉上的目光在某瞬間開始逐漸變得幽深，兩眼一時像呆滯的蠟珠，她開口沉聲說道：「真的很年輕呢——頂好看的一張臉。」奕菲當時不肯定這到底是不是由衷讚美人的說話，她只覺得此話聽起來有種陰森的感覺，怕說話的人話中有話，而自己聽不出那弦外之音。她還摸不清宇賀姨母的心。

兩個人初見面，如果不由閒話家常開始談起，彷彿也就無話可說。宇賀的姨母問道：「對了，奕菲妳今天是要上學的嗎？上的是哪所學校呢？」這話一說出口，一下子就拉開了他們之間的距離，在這房間裏，宇賀和他姨母同是在社會中摸爬滾打多年的人，而奕菲彷彿是個乳臭未乾的孩子。奕菲想著，事情的發展果然如她先前料想的一般，宇賀姨母看自己就是個孩子，這固然不理想，不過她也沒有辦法。奕菲今天翹課了，她當然不說真話，便答道：「今天沒有課——我在香港大學唸書。」宇賀的姨母細聲細氣地說：「真厲害的孩子。」奕菲原以為她會問自己修讀的是哪一門學科，但她沒有問下去，奕菲就疑心她對自己的事並不是真的感興趣。宇賀的姨母望向宇賀，說她吃膩了醫院的膳食，叫他一個人去給她買點吃的，就此把宇賀支走了。

宇賀姨母不動聲色地目送宇賀步出病房，直至見了他的背影在門口處徹底消失，她鬆弛的上眼瞼才放心地垂了下來。奕菲不知她是否正在閉目養神，也不敢打擾她，只悄然在旁邊坐著。

不一會兒，宇賀姨母忽然把眼睛睜開了一半，朝她瞥了一眼，張著嘴吃力地說：「我心中有些話，趁現在只得我們二人，我乾脆跟妳直說了，奕菲妳是個讀書人，肯定明事理的。我無非是個快死的人，我要是死了，還能帶走些甚麼？我不過只剩這段最後的日子罷了。我這人不貪心，一輩子從來沒有甚麼想爭想要的，如今只希望我死的時候，身邊有個愛的人陪著自己就好……那樣也算是個好結局了。我上星期就叫宇賀動身，他這孩子還不知道在躊躇甚麼，可我這病真的拖不下去了——我自己的身體我清楚得很！妳就幫我勸勸他，要他快些跟我走吧！」奕菲今天過來，就是中了宇賀姨母的計。奕菲故作鎮定道：「噯呀，姨母妳這是在說甚麼傻話呀？」宇賀的姨母又道：「我若是自己一個人去那麼遠的地方看病，客死他鄉了，人生路不熟，連做鬼也是隻迷途的孤魂野鬼，妳說這有多淒涼！」她說著話，一連串淚水如同蟲子一般從她深陷眼窩的眼珠子裏爬出來。

這些陰淒的人聲落入了奕菲的耳中，便幻化成幽靈的尖音，面前的這女人在她眼裏猶如一個蒼白的鬼影，她感到一陣心寒，渾身直打寒噤。奕菲有意識地睜著眼，卻還夢魂顛倒，恍恍惚惚地做了個夢——眼前坐在病榻上的這女人是當天她母親大難不死的模樣，二人頭上方正的平板燈仍亮著凝乳一般的光，把這房間照成了雲窗霧閣，然而白是最骯髒的一種顏色，最易被沾染得面目全非。她使勁搖著她母親的肩，只是把她母親的身子扭曲成許多條起伏不定的曲線，任她再哭天喊地，她的母親還是笑吟吟的，像一尊坐在蓮花座上的白玉佛像，唇邊的淡淡笑意彷彿永遠不滅。她瞪大眼睛看她母親，原來她們各自活在兩個世界裏，她真實的母親不是生命所企求的母親。她自己才是她想像的母親。奕菲低垂著頭，在真正的世界裏掉下淚來，剛才的夢彷彿並不是夢。

奕菲還未答話，宇賀的姨母此時把果籃裏的心意卡拿出來，見了它上邊寫著「早日康復」四個字，嘆了一聲道：「妳可真有心！我要是繼續待在這裏，我這病怎麼可能會好？若妳這話是真心實意的，妳就答應我讓他走呀！」宇賀姨母眼見奕菲的淚像雨簾似的落下，先認定她是個軟心腸的人，況且她畢竟只是一個少女——假如她是個機關算盡的女人，事情就不像現在好辦了。宇賀姨母這麼一想，以為自己簡直是佔盡了上風，一時之間哭不出淚來，便一鼓作氣，一心要使奕菲心甘情願做個聽話的孩子，道：「奕菲，我跟妳說，妳還是個在學的孩子，年紀這樣輕，將來遇到的男人肯定多著，妳還以為他會是最後一個麼？」她怕那說話的分量還是不夠，又補上一句：「你們那是小孩子瞎胡鬧，根本算不上是愛！」

奕菲本來不敢看宇賀姨母那張千溝萬壑的臉，但她聽了這話就有氣，她抬起頭來道：「姨母妳別這樣說。我不好介入你們的事，妳要是有話跟宇賀說，妳自己跟他說吧。」說著，奕菲的手心出了汗。宇賀姨母的態度立刻軟了，著急地道：「就算我的話有甚麼說錯的地方，我老人家都親自開口求妳了，妳就可憐我吧！奕菲，妳未來的日子長得很，可我呢，我也許過幾天馬上就死了——要是我這陣子死不了，也不過活多幾年的時間，他現在跟我走，幾年後肯定回來了！頂多就只是幾年而已，我這要求總不算過分了！」宇賀姨母的淚無聲地往下劃過她的臉，在她乾瘦的臉皮上落了兩道曲折的線。她用犀利的眼光望向奕菲，那目光就在奕菲的臉上霍霍地兜圈子，纏著奕菲不放。奕菲頓了一頓才答道：「姨母妳別總說自己要死要死的……成天說著不吉利的說話，怕是會把好運氣趕跑——」宇賀的姨母才正要打斷她的話，宇賀就帶著甜粥回來了。

鎖在天花裏的燈光用它眼白一樣的白色，張揚地把窺視的目光投向它眼底的三個人身上，披在宇賀姨母頭上的稀疏灰髮就閃出反光來——幸虧有了這種刺眼的光，否則陰影斷不可能會顯得如此悅目。

等宇賀的姨母吃完晚飯，二人便回家去。他們走在醫院涼颼颼的走廊上，有兩個小孩追逐著、嬉笑著，她們是對姊妹，不小心撞到了宇賀。孩子的母親走在後頭，本來正悄悄哭著，但見她們撞向人，便向她們喊道：「妳倆別跑！別再跑！」兩個小女孩彼此對望了一眼，咯咯地傻笑，又繼續熱火朝天地玩著她們的遊戲來，把她們對於生命的愉悅完全地抒發在那兩雙蹦蹦跳跳的小胖腿上。對真相沒有興趣的人是最幸福的人。奕菲見狀，立在宇賀身後凝神看著這三母女，喃喃自語道：「啊？真好。」奕菲一直想著宇賀姨母方才的話，如果只有某一類結局才說得上是好結局，那應當是死，而死的人應當是病榻上的她。因為人的心裏要是放著希望，哪怕只有一點點，也會徒然把人的精神折磨延長著。那是無謂的事，如同為一件花裏胡俏的衣服鑲上多餘的花邊。忽然，她想起宇賀姨母的淚眼，她自己的眼淚就掙扎著從她低垂的眼裏湧出來，然而若她真認為宇賀的姨母應該死，她又為甚麼要哭泣，連她自己也不知道。奕菲轉過臉去擦乾眼淚，宇賀沒有看見她臉上晶瑩的斷線。

床，是這世界上最多戲可看的劇院。不管是病床還是睡床。

這一天的深夜，他們準備要睡了，床邊的窗子與窗簾一同大開著，夏風一陣陣地吹，每次只把一小口氣吹到人的臉上，似輕柔的耳語，使人心裏癢癢的。宇賀卻覺得滿屋子裏都是風呼嘯的聲音，身體輕微瑟縮著。外面大街上的一盞盞路燈投射出昏暗的黃光，垂下來的光無力地漏進窗子裏，在二人的臉上創造出新的光影。他們躺在睡床上望著彼此面龐的輪廓，宇賀知道刻下就是他把話說清楚的最後機會，因為他明天便要走了。他的手一直摟住她的臂膊，然而其實他並不知道自己該把手放在哪裏，總覺得任何地方都不合適。

他突然苦笑道：「姨母替我買了機票，我們明晚就要離開香港。在那邊安頓好以後，我就馬上飛回來找妳，好不好？」奕菲早料到這一聲遲早要響在她頭上的霹靂，可當她親耳從宇賀的口中聽到此話，一顆心還是不自禁地砰砰跳起來，裏面像藏了一面小鼓，一直咚咚的響著，鼓點的節奏愈來愈快，是種追趕人的拍子。

她真正想說的是「你別走」，想問的是「你回來還愛我嗎」，但是她一臉鎮定道：「怎會這麼突然？」宇賀道：「我今天去了看她，她那歇斯底里的樣子，我簡直形容不出來。總之如果讓她繼續留在這裏，她不願再接受治療，決心要一點一點地死去了。」奕菲只覺頭皮發麻，道：「那——」他打斷了她的話，眼裏有種淒迷的微笑：「我都想好了——時差是不要緊的，我們可以每天打電話聊天。之後每逢妳的學校那邊有假期，我便買機票把妳接過來，這樣一算，我們待在一處的時間可多著——」奕菲也不等他把話說完，只向他問道：「你想走麼？」宇賀頓時變了臉色，怔了一會，忽然激動起來道：「我……我是個懦夫！」他又道：「我想的是我們，所以便不願去……但我若是個好人，我得去！我得去……我還可以怎樣？」

奕菲在夜色中久久望著他的臉，他眼角的淚光被窗外的街燈照亮了，看著就像孤零零的夜明珠，黑夜的影子和外頭渾黃的光幕一同覆上人的臉，那錯亂的色彩勾勒出他扭曲的輪廓，原來痛苦的模樣不過是種暗啞的光。

奕菲默然了一會才道：「嗯，我懂得你——非走不可。你放心去吧，我在這裏會好好的。」愛與痛這兩種崇高的感情，最應當用帷幔遮蔽起來。她猛地轉身去掩閉窗簾，使屋裏的一切都蒙上了層實在的黑影，她看不見他了，他的淚卻掉落下來，在她的臉上溫暖地化開，畫了一道曲折的痕。她把手伸到他的臉旁，用指頭輕輕為他擦眼淚，問道：「宇賀，你信我麼？」他道：「那是當然的事。我要是不信妳，還能指望誰呢？」奕菲不答話，只把腳纏上他的雙腿，一張臉緊緊貼著他的脖子，讓愛人的鼻息如同陣陣熱風，徹夜打在自己的頭上。

第二天晚上，宇賀要走了，奕菲的電話鈴一直響了許久，然而她沒有接電話。奕菲答應了宇賀，她會送他上飛機，宇賀便在機場等著她，等的是一個不復存在的人。她早預見了此事的結尾，因為世事從來只有一種收場，永恆的分別寫在每個人的結局裏。二人的感情，現在僅僅是她一個人的事，她決心要扶正她世界的倒影，狠下心來，以愛之名一併制裁了他們，只為完成她自己的傑作。不帶希望的美好，是這世上最純粹的一種美。叮鈴鈴……叮鈴鈴……宇賀心中的說話，就此化成這一連串結結巴巴的響聲，被死死地釘在方正的黑盒子裏，斷絕了回音的可能。她空蕩蕩的房間寂若無人，那聲浪就分外刺耳，聽著像被針扎似的，把人的神經一寸寸地刺穿。她哽咽起來，以為自己幾乎聽得見宇賀的聲音。

電話不再響起，她揣測他已經走了。她把抽屜拉出來，要點他的煙。慘淡的月光下，抽屜裏的蝴蝶標本現出蒼藍色的閃光，像一團朝她現身的鬼火，彷彿是人永不殞落的魂，淒然望著她，有些話想跟她說。她立在抽屜前，以朝聖者敬畏的目光看了許久，覺得它是瞑目含笑的。

在床沿坐下來以後，她點上一段宇賀吸殘了的大麻煙捲，那根煙的身體便通過了赤紅的火，得以再次活過來，可殘煙的生命短促，它不過是活著，就快要成灰了。她記住了宇賀抽煙的手勢，極力模仿他，緩緩把煙放到唇邊，吸上兩口，輕輕嘆了一口氣，灰色的霧靄馬上像塵埃一般彌散在空氣裏，模糊了眼睛。她感到迷迷糊糊，還一時以為有許多條暗紅色的蜈蚣從她手腕上的道道傷口流淌而出，覺得自己的指甲裏全沾滿了血，疑心它們曾深深地劃入肉裏。她恍惚地望向窗外，好像看到了一架平伸著翅膀的飛機，那幻影在外邊的天穩穩地飛，彷彿離弦的箭，帶著震耳的隆隆聲，光閃閃地在她頭頂上呼嘯而過，劃破了茫茫長空，轉眼之間便不見了，只給小城裏的人留下了輝煌的一瞬。

嫦娥

人們總說，這世間之大，成敗之間並沒有明確的分野。當人得到了些甚麼，便注定人也將失落些甚麼。在人們的眼裏，成功有時也是失敗，這道理像是當水和墨混和在一起，誰都無法了然劃分兩者。但對於一個戲子而言，成敗的界說卻難得地簡單：前者，被掌聲與繁華所包圍；後者，為沉寂與慘淡所困擾。

顧馥曼極力用她嘶啞的喉嚨歌唱，然而她的嗓子現在老是敞不開，聲音早已不復當年。唱功精湛，嗓音清亮，是成為青衣的要求。在她的嗓音變得沙啞以前，這齣《嫦娥奔月》的青衣一直由她擔當。觀眾心中的嫦娥就是顧馥曼的模樣。刹那芳華裏，那個柔美如畫的女子，婉轉水袖，彷彿高歌了千年。在滿座看客讚歎的眼光下，她就是那翩然遠去的彩蝶，女子匆匆而走的嫵媚身姿，在台上遺下了繁錦的傳奇。

其他工作人員全走了，只有顧馥曼做完工作後還沒離開，在後台的化妝間裏坐著。她穿好了一層又一層的戲服，定睛望著鏡中的人，一時失神，搖了搖頭，喃喃低語道：「我是她……她便是我……」她極慢地往臉上勾勒粉彩，再戴上那些自帶素月銀輝的頭飾，一切色彩都安分地落在它們應有的位置上。顧馥曼唱了整整十年的青衣，就在日月交替之間，她老了，嫦娥一角忽然不再屬於她——她現在有那麼多的時間把自己修飾得豔麗無比。然而香豔的東西總藏著清冷的骨，她這人的脂粉氣原帶有一種寒香，可經過這多年以來的洗刷，那香韻如今還混雜了些幽怨曖昧的味道。這個嫦娥，怎麼也變不回十年前的那個嫦娥了。

戲臺上的時光絢縵靜止，豔紅厚重的簾幔垂落。她慶幸自己尚未把唱詞給忘掉。她以腳踩蓮葉般的步伐走到台上，借著頭上幾盞暗燈的微弱光暈，她看見台下沒有任何一個人，繁華已統統散去。月下的嫦娥是孤寂的。整個場子響徹她嗒嗒的腳步聲，還有那些水袖飛舞和頭飾碰撞的聲音，就連她自己呼吸的細微氣息，她都聽得見。顧馥曼驟然覺得這場子寂靜得如同一片墓地，心裏不禁有些黯然，旋即擺好姿勢和板眼，神色悽傷地唱：「嫦娥啊，春來秋去十八載，今日裏心兒跳蕩卻為誰……」她披掛著他人瑰麗的戲服，把枯啞的嗓子收在唱詞裏唱了一闋咿咿呀呀，直至劇終，她只能靜靜看著她的人生在戲中消逝。

夜色瀰漫，她出了劇院，外面的世界貼滿了這齣戲的海報，在沉寂的大門上，在沉寂的燈柱上，在沉寂的車站廣告燈箱裏，面前有許多大大小小的年輕女子的臉包圍住她，看得她心煩意亂。她急著想要走，在街上等了好一會，可還是沒有車，便打電話叫了計程車回家。

最後她在劇院門外的車站上了車。車門關上後，司機對她說：「小姐你這麼晚！——是剛看完戲麼？」——從前別人才是她的看客。聽他這麼一說，顧馥曼頓時覺悟過來，嫦娥早在她身上死去，卻誕生在另一個女人的身上了。她從車內後視鏡裏看到自己的臉龐，一張臉隨著車身的搖動而變得顫顫巍巍，原來的五官全變了樣，那看起來彷彿極長的黑眼睛正在往下掉。她突然哭了起來，雙肩一直顫抖著。那司機透過鏡子見狀，忽然沒有話了，心裏只稍稍疑惑起來。夜深人靜，就連車外的一整個世界也不對她言語。

劇院與她的家隔了一片天，車子不停往前駛，車道的兩旁全是密密麻麻的樹，從天上垂落而下的銀光就此繪出了人間斑斑的月影。顧馥曼抬眼望去，有個月亮高高斜掛在薄雲裏，可它不是神話裏的白玉盤，而是一彎小月牙。她遠看它像一道小疤痕。傷口逾年歷歲，早已無聲地結痂、癒合，人總不能再喊痛了，否則如同無病呻吟，是會惹來笑話的。她心裏清楚得很。

顧馥曼窮盡了青春去使那戲中之人活過來，可失去了青春的人斷然是守不住那一方戲臺的。一直到現在她才明白，年輕便是年輕人的所有。現在下一個人緊接著上了場，她還可以當誰呢？

那司機道：「到了。」顧馥曼嫌車子偪促，付錢後便馬上下車，抬頭一看，那歪斜的新月已經從雲裏鑽出來了，宛若一把銀打的鐮刀，翹著它尖而上揚的嘴角，正朝她笑著。她在空無一人的街上立了一會，既無事可做，便只好退場，悄然上樓去了。

抽屜

我想要一個抽屜。

父親和母親，以及我的姐姐，他們也有自己的抽屜，唯獨我，沒有這樣一個小小的空間去放自己的收藏。我認為那是成人的象徵，為此我希望得到一個抽屜。我羨慕成人能夠翱翔於自己的天地之間，不必事事向父母稟報，也可以藏放自己的物件。每當我因此跟母親鬧彆扭的時候，我便會使勁地拽著母親的衣服下襬，嚷著要一個抽屜，而她總漠然置之，道：「你年紀太小，就算給你一個抽屜，你也沒有甚麼可以放的。」於是我只能在夜裏聽著那些拖拉著抽屜的聲音，而他們的抽屜是那樣地神秘。我似乎是永遠也不會知道，那些厚實的木板終究是遮掩著些甚麼，彷彿木板之下，自有他們各自的秘密。

那時是姐姐如花般美好的年華，她滿身盡是秀氣。在她靈動的眸子之上，長而烏黑的睫毛細微地顫動著，唇瓣有如玫瑰花瓣般嬌嫩欲滴，相貌甚是嬌美。喝茶的時候，她總是斯文地端起桌上的骨瓷茶杯，再輕輕用茶蓋拂去水面的茶沫，待到杯中熱茶暖了她歡喜的指尖，才輕呷一口，她是一個如此優雅的少女。後來，她彷彿是動了某些少女的心思，總怔怔地看著窗外，又忽而盈盈一笑。不善言辭的她竟也在漫漫長夜中暗自執起筆來，默默的把說話都放進那日記本子裏去。我在雙層床的上鋪往下偷偷窺視，瞧見了她那執筆時認真又迷茫的表情，可她突然斜睨了我一眼，瞬間就發現我在偷看她。她那極慌張的樣子映入我的眼簾，然後她馬上把日記本子放在抽屜之中，迅速地關上了抽屜。方方正正的抽屜裏堆的東西愈來愈多，物件都幾乎藏不住了。

記憶中的那天秋意甚濃，落葉翩然落下，大地鋪上了一片蒼黃。天色已晚，姐姐在外頭待了很久也都還沒回來。母親心裏等得著急了，一見姐姐回來便審問她。她頓了一下，接著又往下說，總說說停停。母親聽著，交叉著手地站著，看上去是快快不樂的。一瞥之間，母親開口了，她道出了一陌生男子的名字，還連帶幾件具體的事情。偌大的客廳頓時變得死寂沉沉——恐怕是一枝針兒落在地上也可以聽得出聲音。姐姐知道了，母親曾翻過她的抽屜。此時她哭得梨花帶雨，愣愣地哭。母親只說了一句：「妳不應對妳親近的人作出隱瞞。」我卻只是在想，是不是凡是人都有揭破別人秘密的慾望？我們是不是都按捺不住自己的好奇心，總想要從那抽屜之中發現些甚麼？

是的，我們期望自己能夠知道更多。火熱的臉愁苦地等候著夜風，但是風不來。在一片深沉的悶熱之中，姐姐步回房間，為抽屜添了一個鎖。

好些抽屜本來也就附有小小的鑰匙孔……啊，也是的，秘密當然需要上鎖。因為某些秘密不好見光，是應該永遠地、永遠地躲避於暗黑的角落裏。

父親的珍藏是一個使人傷心的秘密。一夜，我聽見父母正在爭吵，於是偷偷地躲在門後，把耳朵貼在門上，隔門窺聽二人的對話。他們素來鮮少與對方吵嘴，但這次他們竟在房間裏大吵大鬧。我只隱約聽到了幾句，他們所說的內容好像是有關父親抽屜裏的物件。我小心翼翼地把大門微微拉開，門隙隱隱地綻出些微弱的光來。我看見他們的眉，都鎖得很緊。在這陰暗的房子之內，母親憔悴蠟黃的面色顯得毫不諧調，她睜著兩隻濕了的眼睛，嚶嚶啜泣道：「嗚嗚……嗚嗚……我需要擁有——」而我聽了，仍不明就裏，自覺無趣，也就去睡了。

夜初靜，月光像朦朧的銀紗，閃現出一種莊嚴而聖潔的光。後來，就在我經過父母的卧室時，他們吵鬧的畫面忽又浮現眼前，彷彿有一股力量驅使我走了進去。我終究是按捺不住自己的好奇心。我靜靜的察看四周，輕輕地把父親的抽屜拉開。他的抽屜恰巧沒鎖。昏暗中，我的指頭摸到了些塵埃。銀白色的月光淡淡地灑落在我握著的照片上，相中女子的容色豔美，細緻烏黑的長髮披在雙肩之上，面似芙蓉眉如柳，眼睛比桃花還要媚。她的頭，靠在父親的胸膛上。她是一個醜陋的女人。然而這個父親是我陌生的父親，是我不曾認識的父親。我慈愛的父親疼愛地捏我的臉，恍若只是昨天的事啊……

我看著牆壁出了會兒神，然後把抽屜推回幽暗之中，便回到房間裏去。一種情愫的減淡，一顆真心的殞落——原來這世間變化，也不過如此而已。然後，某夜，父母的房間又傳來了些聲音，他們再次對嘴對舌，這次他們把玻璃杯子打破了。砰的一聲，玻璃墜落，便碎了一地。寒風透過窗子吹了進來，霎時間，我渾身冷了許多，內心彷彿也跟着零散的碎片一起四分五裂了。他倆也一樣，豕分蛇斷了。夜很沉，我孤身坐在床榻上，忽然憶起自己當初天真的臉蛋和乾淨的笑容，一直在訴說自己多麼想要一個抽屜。然而現在，我對抽屜已不再抱有任何稚嫩的憧憬和想像了。

就在我再大一點的時候，耳聞了這樣一個說法：日本人說，每一個人也有三張面孔。第一張臉，是你展示給世界看的面貌；第二張臉，是你在你親近的人面前的模樣；而最後一張臉，則是你從未對人坦露過的、你最鮮為人知的一面，但它同時也是你內心最真實的反射。談到第三張臉，你有和我一樣想起那些我們各自懷揣的秘密嗎？如同那些無人看得見的塵埃，就在深邃的黑暗中緩緩飄飛，直至慘淡的月光照遍大地，我們才隱隱約約地瞧見它們，望見了那些藏在抽屜內的隱秘……

一個少女的自白

眾編劇曾寫下太多人間過分美好的表白，以致於我們只顧深陷在對白的情愫流轉之間，卻忘了字裏行間到底攙雜了多少失實的調味。在無數電影、劇集之中，告白被描繪成一項浩大的工程。成功的主角不僅能贏得兩情相悅，甚至還可能達到感動天地的效果。於是，箇中所營造的浪漫氣氛使少男少女對於年輕的愛戀充斥著形形色色的幻想：青春彷彿是個只有美善的字眼，會讓人不自覺地聯想到陽光、綠草、微風等一切明亮的事物，並相信自己將邂逅一段童話般的愛情，而二人終在來往的人群裏自由地穿梭，一起體會尚在飛舞的淩亂青春。然而，我所理解的少年時的表白並未有高潮迭起。

它只是一顆單色的硬糖，不帶花巧的裝扮，使喫的人體驗單純的甜味。

對於書信的喜愛緣於中一的時候讀了歌德的《少年維特的煩惱》，自此認為書信是一種渲染感情的載體，平靜的信紙上是一段段精心剪裁的時光，而人的心會被摺疊整齊，然後輕輕放進信封。那一時期的自己因而特別喜歡讀書信體小說。現在大概只有極少數人會以手寫書信來往，事情自然就因難得而更具魅力了。所以當年，我說我喜歡看見別人真實的筆跡。因為下筆的痕跡有力度，也有溫度。字如其人，對方親書的一筆一畫帶有一種見字如面的親切感，甚至能使我對他寫信當下的情景生出超乎真實的想像。所以比起一通短訊、一封電郵，我更喜歡收信。每一封信，皆只特意為世上一人而寫。

假如人間所有的表白均是為了確認關係而誕生的儀式，那麼為了在表白以後能有幸吹奏獲勝的號角，想必是任誰都懂得以投其所好作為增加勝算的門路。於是，中二的時候，他的表白便是那封放在我課桌抽屜裏的信，那是他寫給我的第一封信。幼嫩的心讀到了少年的那些露骨告白，赤裸裸的愛情使麻痺的感覺蔓延全身，然後在一霎體驗到了心在自己身體裏的失重感。平靜的稿紙上，以親愛的某某開篇，以珍惜你的某某結束，使人讀後甚至有了如飛撲到巨大粉紅色棉花糖上的甜蜜幻覺。字句間的空隙藏不住少年的熾熱，讀信的時候，他認真書寫的姿態恍若重現眼前，我反覆想像那一方素淨的桌面、數張稿紙、一顆正在醞釀的心……其實當年，他連寄信也不懂，但是為了保持驚喜，他一邊故作神秘，又一邊試著向我探問郵寄的實質操作。他的伎倆不怎麼樣，也瞞不了人，但我總覺得憨厚的人心腸很可愛。最終他並沒找尋那些站立的郵筒，還是直接把信帶到學校去了。少年時的表白足以撼動一個人的世界，使對方以一切亮麗的幻想作為基石，不自覺地在心間蓋出一座理想的城堡，藏放著信封裏的一切想像。

後來，大大小小的日子，他都會給我寫信。他明明不是典型的文人，但仍會寫。長長的手寫信件中記下了許多瑣碎的事，比如是勸說我不要喝太多咖啡、喫飯時不要想事情等。這些都是最簡單而單純的心思，我認為它們是世間其中一種最難能可貴的事物之一。最重要的一點是，它們是他的具體投射，印證了我記憶之中的那個少年是真實的。

讓少年糾結的事情有很多，他都一一寫下了。中三的選科、他的夢想、他的偏執、他對於未來的幻想，甚至有「妳之前沒有回答我的問題」等等看起來無關痛癢的事情。他快樂或悲傷，他生氣或難過，他都曾經記下。看的時候，我知道我是他唯一的讀者。而且，我可能還是一個過於認真的讀者。他曾在白底紅線的信紙上親自握筆寫下那些他新認識的人們、那本他剛剛看完的書、他新成的想法和心態……他所分享的時光，經過一段段漫長的旅行而輾轉來到我的手中。而關於讀信的感受，我覺得那種滿足的感覺宛如在寒冬時泡在一缸溫熱的水中般。每次拿到信件，我都會懷揣著期待的心情，待到一個適合的時刻才會拆開。我並不會隨便在學校，或在街上、在巴士上閱讀它們。就像你很喜歡一部電影，想專注於那種享受，所以你會特意找一個寧靜的晚上把它完整地看完，而不會用數段車程把它完成。對於我這一個讀信者而言，藏信的盒子便是搬家時最珍貴的行李。

久等的來信是一封又一封告白的情書，少年的表白並沒有止於確認關係的意圖，或直接，或間接，斷續的句子間有連綿的情愫在流轉。年少的時候曾有一種美麗的錯覺，告白的蜜語是個要把年輕戀人們捲入的虛幻漩渦，信紙上煽情的藍色墨水仿似伸出了它們成千成萬的觸手，然後如藤蔓纏繞彼此，再往外蔓延出一條隱秘而閃閃發光的隧道。懵然的雙眼不由自主地被光源吸引，因而順著光的方向走去，與我認為完美的戀人深深地互相凝視。而隧道的盡頭，通往年輕戀人們自行創建的完美幻境。我們太年輕，以致於說愛過分容易，而難以深究人間愛戀的真相。

喜歡，因為覺得似是愛情。我自行臆測單純少年的想法。而「珍惜」和「愛」，都是些他常常寫的字眼——都是些很重，並會使人記得很深的字眼。讀的時候，字體始終會被掠過，但感覺會留下。用字的輕重隨時日變改，有時我並不希望自己看得太細緻，我怕自己竟會看得出些甚麼。不祥的預兆，是每對戀人們心底最深的惶恐。

當時，成千上萬的文字所給我最強烈的感覺是，寫信的那位少年真的很可愛。而這樣的可愛，大多出於少年的乾淨。可愛，所以很可以愛、很容易愛，都是我認為很重要的特質。但是後來他們告訴我，那個少年死了。他不會明白親眼目睹一件事物的死亡是一件多麼難過的事，因為我知道它並不是他的切膚之痛。少年的雙眸看著另一個陌生的方向，對另一道身影閃爍著同樣溫柔的火光。現在，只有在我的腦海中、在這些信件中，才能勉強再次看得見少年若有若無的身影。

在這世間，不是每一道傷口最後都能幸運地完好如初。但能夠確定的是，它們至少會變成一道道不痛不癢的疤痕。

少年死了，我心中脫俗出塵的少年已經早早死了。於是我不斷從回憶中翻箱倒櫃，開始思考那個完美的戀人到底是在何時離開的。年輕的戀愛依賴氣氛，而沐浴在愛河的我們不由自主地以亮麗表白所延伸出的虛像作為自己堅定的信仰，確信自己所注視的戀人是完美無瑕的。殊不知，隧道盡頭的漂亮幻境是擾人心智的海市蜃樓，而我所凝望的完美戀人根本並不存於世。少年時的戀情充斥著過於美化的想像，可惜青春並非一個只有美善的字眼。不諳世事的我們只需要一次心碎，那個無拘束的想像世界已足以崩塌幻滅，並煙消雲散。然後我們得以回到現實，領略「完美戀人」的其餘面向。那麼，即便最後沒有與他相擁而眠的結局，自己至少也變成了更聰明的人，將來足以理性地抵擋自我幻想的干擾，並且對得起自己曾承受過的愛情苦難。

戀愛的意義也許就在於，如果你愛我，而我恰好也愛你，這固然是盡如人意的；要是我們最終無法相愛，那麼我亦很高興你曾來，也不遺憾你離去。關於少年時的表白，不是非得要在一起才叫完美結局，不是被擱置便叫做無果。就好像經歷了一場快樂的異國旅行，就算心裏壓根兒知道自己沒有機會在那裏定居，你也能明白，離開才是旅行的意義。他不再是你的軟肋，而那些曾經被愛情否定的地方，將會有新的鎧甲悄悄地長出來。

書名　蝴蝶標本與男人
作者　楊鈞而
裝幀設計　西奈
插畫　Wuon-Gean Ho
出版　誌語文化出版社有限公司
香港中環德輔道中一四八號安泰大廈九樓
電郵　qsspublications@gmail.com
印刷　L. FORCE PRINTING COMPANY LIMITED
版次　二〇二三年一月初版
國際書號　978-988-76620-9-9